Mani G

Mise en pages : Karine Benoit

Loi n° 49-956 du 16 juillet 1949
sur les publications destinées à la jeunesse
ISBN : 978-2-07-061296-3
Numéro d'édition : 262577
Premier dépôt légal dans la même collection : avril 1998
Dépôt légal : octobre 2013

Imprimé en Espagne chez Novoprint (Barcelone)

Paule du Bouchet

Le journal
d'Adèle

Illustrations d'Alain Millerand

GALLIMARD JEUNESSE

1914

Jeudi 30 juillet 1914

Aujourd'hui, je commence enfin mon journal.

J'y pense depuis longtemps mais aujourd'hui j'ai besoin de le faire. Besoin de parler, de dire ce qui se passe autour de moi et surtout à l'intérieur de moi. Ici, tout le monde est inquiet parce qu'on croit qu'il va y avoir la guerre avec les Allemands. Papa et maman sont tendus, ils se disputent souvent. Cette inquiétude est très lourde et, justement il faut être fort, garder ses soucis pour soi, pour ne pas augmenter l'inquiétude des autres. C'est pour cela que je fais ce journal. J'ai sorti de mon tiroir le grand cahier rouge à carreaux offert par ma marraine Berthe, qui est aussi ma tante, pour ma fête, le 24 décembre. Il y dormait depuis Noël, bien au chaud et maintenant, il va être mon ami et mon confident. Eugène et Paul, mes deux frères aînés, sont trop vieux, dix-neuf et vingt et un ans. Je ne peux pas discuter avec eux, ils me traitent comme une petite fille alors que j'ai treize ans et demi, presque quatorze. Et Julien est trop petit, il a dix ans mais il est capricieux et maman lui passe tous ses caprices. Voilà, quand j'écris, il me semble que j'ai moins peur. Ce soir, tout le monde est couché, c'est le silence et moi je suis seule avec mon cahier tout neuf.

Et mon chat qui dort.

Samedi 1er août 1914

Le soir. Ça y est, c'est la guerre ! À 5 heures, les cloches se sont mises à sonner à toute volée, comme quand il y a le feu. Nous étions dans les champs, parce qu'en ce moment c'est la moisson. Tout le monde s'est arrêté de travailler. On s'est redressé, on a écouté. Les cloches semblaient devenues folles. On entendait aussi celles de tous les autres villages de la plaine, Venterol, Fay-le-Vieux, Epuzargues, Thorey. Comme chez nous, elles sonnaient le tocsin. Papa a posé sa faux et il est tout de suite rentré à la maison. Voilà, on peut dire que la guerre a fauché les hommes en pleine moisson. C'est comme si l'orage d'été venait enfin d'éclater. On comprend ce que la terre portait dans son ventre : la guerre !

Dimanche 2 août 1914

Six heures du matin. Je n'ai presque pas dormi. L'angélus sonne à l'église. Cela paraît bizarre. L'angélus, c'est la paix et dans l'air, il y a la guerre.

Encore le 2 août

Midi. Beaucoup d'agitation dans le village. À la mairie, il y a une grande affiche blanche : « Ordre de mobilisation générale ». Beaucoup de gens sont

plantés devant. Ce matin, la maîtresse expliquait aux hommes quand ils devaient partir rejoindre l'armée : « Oui, le premier jour, c'est aujourd'hui, 2 août. Toi, tu ne pars que le deuxième jour, donc le 3 août, lundi. » *Et cetera*. Parce qu'il y en a qui ne savent pas lire. Moi, je voudrais bien être institutrice, plus tard. Tout à l'heure, à la sortie de la messe, monsieur le maire a lu l'ordre de mobilisation. Tout le monde était sous les marronniers. Le maire a dit que la population de Montigny ferait son devoir et qu'elle répondrait à l'appel de la patrie. Madeleine Japriset pleurait parce que son Clément doit partir ce soir ; ils sont mariés depuis seulement un an.

À la fin de son discours, le maire a dit : « Il n'y a plus aujourd'hui de républicains et de réactionnaires. Il n'y a plus que des Français ! Il n'y a plus qu'une France dont M. Poincaré est le chef, et cette France elle sera demain tout entière dressée contre le Prussien ! » Le Prussien, c'est l'Allemand. Tout le monde a applaudi.

En rentrant, j'ai surpris Eugène devant le tiroir ouvert

de l'armoire. Il était tout pâle. Sur son livret militaire, il y a écrit : « En cas de mobilisation, Eugène Hervé devra partir immédiatement et sans délai. » Eugène, c'est un doux, il n'aime pas se battre, les autres garçons se moquaient de lui à cause de ça quand il était petit. Il n'aime même pas la chasse. Paul, ce n'est pas pareil. Il n'a pas peur d'aller se battre. C'est affreux à dire mais il avait l'air presque soulagé que la guerre éclate, de pouvoir enfin « casser du Prussien ».

La maîtresse dit que la mobilisation, ce n'est pas encore la guerre.

Chaleur terrible, ce soir. À 6 heures, le garde-champêtre est arrivé en disant que la guerre était déclarée entre la France et l'Allemagne depuis 3 heures de l'après-midi. Les gendarmes ont mis des affiches à la mairie : « La guerre est déclarée ».

Elle tombe mal, cette guerre. En pleine moisson ! Qui va la faire, la moisson ?

Huit heures du soir. Dehors, il y a beaucoup de bruit. J'entends le roulement des charrettes qui emmènent les premiers hommes du village. Eugène part cette nuit, Paul demain. Maman est en train de coudre des pochettes dans leurs chemises pour mettre quelques pièces. Papa n'a pas été mobilisé parce qu'il est trop vieux. Ils prennent les hommes entre vingt et quarante-cinq ans.

Lundi 3 août 1914

Il pleut. L'orage a éclaté cette nuit. Comme si le ciel était soulagé. Puis toute la matinée, une averse drue. Nous avons accompagné mes frères à la gare. Plein de monde, et plus de chef de gare ! Ce sont les militaires qui commandent. Des trains bourrés de soldats passent sans s'arrêter. On dirait qu'ils sont fous, tout est sens dessus dessous, il n'y a plus d'horaire. Dans les trains, ils ont enlevé les banquettes

pour faire de la place. Mais beaucoup de soldats sont entassés dans des wagons à chevaux. Personne n'achète plus de billets.

Je ne sais pas pourquoi il y a la guerre. Tout le monde est excité. On chante, on s'embrasse, on dirait une fête. Les wagons sont couverts de banderoles qui disent « À Berlin » ! Pourquoi faut-il aller si loin pour gagner la guerre ?

Le train est finalement parti à 5 heures. Quand les

soldats sont montés dans le train, nous leur avons donné des fleurs qu'ils piquaient dans leurs fusils. On s'est dit « au revoir » et que l'on se reverrait aux vendanges. Il paraît que la guerre sera courte.

Moi, ce soir, je pleure. J'ai peur que mes frères ne reviennent pas. J'ai peur pour Eugène qui est si fragile, si rêveur, qui met des attelles aux oisillons tombés du nid, qui n'est heureux que dans les champs à écouter le chant de l'alouette à la verticale au-dessus des chaumes.

Mardi 4 août

Encore la pluie. Cet après-midi, on réquisitionne les chevaux. Ils doivent partir pour le front, eux aussi, comme les hommes. Mais il faut les ferrer et, dans toute la région, il ne reste que le vieux Marcellin, notre maréchal-ferrant, qui ne soit pas mobilisé. Les chevaux arrivent de partout. Crécy résonne de coups d'enclume.

Mercredi 5 août

Papa ne veut plus que je retourne à l'école primaire supérieure de Sombernon, cette année ! J'ai eu beau pleurer, tempêter, et même maman qui me soutenait, il n'y a rien eu à faire ! Il dit que maintenant que les frères sont partis, je dois rester à la ferme, qu'on va manquer de bras, que ma place est ici. Oh, je le sais bien, en vérité il ne veut pas que je continue l'école. L'an passé, quand j'ai eu mon certificat d'études, la maîtresse a déjà dû discuter des heures avec lui, lui dire que j'étais douée pour l'étude et que je pourrais avoir une bourse. Ce qu'il pense vraiment, c'est qu'une fille n'a pas besoin d'études. Alors que moi, je veux être institutrice, je ne veux pas passer ma vie à la ferme ! Ça a toujours été un sujet de dispute à la maison : quand je lis ou que j'étudie, papa me dit d'aller chercher l'eau, ou le bois, ou de ramasser les pommes de terre, ou d'aller traire les vaches, ou de préparer la pâtée du cochon. Oh, je suis trop malheureuse, je le déteste aujourd'hui !

Jeudi 6 août 1914
C'est bien difficile ! Je ne dois pas me laisser aller à la colère envers mon père, ça ne servirait à rien. Je dois me dire que je retournerai à l'école supérieure. J'y retournerai un jour. Comment ? Je ne sais pas encore, mais je le ferai. Et je serai institutrice. En attendant : continuer mon journal, écrire ce qui se passe. Les derniers hommes du village sont partis à l'aube. Ce matin, les enfants étaient réunis dans la cour de l'école bien que ce soient les vacances et ils ont chanté *Flotte petit drapeau*. En tout, cinquante-trois hommes du village sont allés faire la guerre. Cela va bien manquer pour la moisson.

Vendredi 7
Tout à l'heure, j'ai couru au bourg. Il paraissait que le tambourineur allait donner des nouvelles. Sur la

place, il y avait une vraie foule, des femmes qui harcelaient ce pauvre tambourineur qui, en fait, n'apportait aucune nouvelle.

Ce soir, le bruit court que les Allemands ont pris une ville en Belgique, Liège je crois.

Samedi 8 août 1914

Tout le monde est aux champs, tous ceux qui restent. Pour moissonner, il n'y a plus que les hommes âgés comme papa, les femmes et les enfants. Et si nous n'allons pas très vite, le blé risque de pourrir sur pied. Il faut sauver la moisson, sinon les Français n'auront pas de pain. Nous travaillons tard, jusqu'à la nuit.

Pas de nouvelles de la guerre, alors qu'avec ce beau soleil on ne cesse d'y penser. C'est comme une épine dans le cœur.

Dimanche 9 août 1914

Premier dimanche de guerre et toujours le grand beau temps.

Le tambourineur annonce que nos soldats sont entrés en Alsace. Mulhouse est prise, on a regardé sur la carte avec maman et Julien. Ah, si nous pouvions leur arracher l'Alsace, tout de même !

Ce soir, j'ai mal aux mains à force de moissonner. Comme il n'y a plus d'hommes et plus de chevaux, il faut tirer les charrettes à bras. Il reste encore quinze bons jours pour terminer la moisson.

Tout le monde s'entraide. Papa a pris la faucille de Clément Japriset et il moissonne le champ de Madeleine qui est toute seule maintenant. Maman moissonne chez nous avec la grande faucille de papa, Julien ramasse les épis tombés et moi je fais les gerbes. D'habitude c'est chacun pour soi. Mais là, on dit « à la guerre comme à la guerre ».

Lundi et mardi

Rien. La réquisition continue. Maintenant, ils prennent les bœufs.

Mercredi

Il fait toujours beau. Les jours se suivent, tous semblables. On entend les heures tomber du clocher comme des gouttes et les roulements du tambourineur qui annonce quelques dépêches que l'on ne comprend pas. Pas de nouvelles des soldats.

Jeudi

Tout à l'heure, j'ai été voir grand-père aux Menuis. Il ne peut presque plus marcher à cause de la goutte alors, il est le plus souvent assis sur son banc dans la cour. Grand-père Auguste, c'est un sage, on vient le consulter de loin parce que, avant d'être immobilisé, il était rebouteux. En fait, il soignait presque tout le monde parce qu'il connaît les plantes et sait confectionner les remèdes. Mais papa se dispute souvent avec lui et, en tout cas, il ne l'a jamais laissé nous soigner. Mais ça c'est des histoires de famille parce qu'au village, il y en a beaucoup qui ne croient pas au médecin et qui préfèrent venir voir grand-père pour se faire prescrire des potions. Alors que chez nous, chaque fois qu'on est malade, on appelle le médecin de Sombernon qui vient avec la carriole et qui, ma foi, ne dit jamais vraiment rien de plus que grand-père. Et ça coûte plus cher ! Alors, dans ces cas-là, grand-père me fait un clin d'œil et il hausse les épaules en souriant, avec la tête un peu penchée, comme lorsqu'il est content. Mais il ne se fâche jamais, il n'élève jamais la voix, je ne l'ai jamais vu se mettre en colère. Quand je viens le voir chez lui, aux Menuis, il reste souvent silencieux, il attend que je parle. Il a une barbe et il marmonne souvent dedans, on pourrait croire qu'il est bougon mais il est bon comme le pain et j'ai toujours été sa préférée. Sa seule petite-fille puisque mon oncle Pierre, le char-retier, qui vit avec lui, n'est pas marié.

Bon, alors ce soir, je lui ai parlé de papa et de ma déception à propos de l'école et de ma révolte. Il a souri d'un air si doux, si confiant, quand il m'a passé la main dans les cheveux ! Et il m'a dit : « Tu le sais bien, petite, que ton père, il faut pas le prendre à rebrousse-poil. Il faut lui dire "d'accord, papa, l'école, j'y pense plus" ; et tu verras, un jour, ça sera lui qui te relancera ! »

Bonnes paroles ! Et je suis sûre qu'il a raison !

Samedi 15 août 1914

C'est l'Assomption, la moisson avance bien. Mais, dans les champs, ce n'est plus du tout comme avant. C'est triste. On ne rit plus, on ne s'appelle plus. On travaille vite et sans bruit. On dirait qu'on est en deuil. Un immense silence s'est répandu sur la campagne.

Dimanche 16

Aucune nouvelle de la guerre. On ne tambourine même pas. Ce matin, à la messe, il y en a qui pleurent. Maman très digne, comme toujours. Ah, cette dignité ! On ne peut parler de rien… On vit dans l'anxiété et je n'ai personne à qui parler de la mienne. Même grand-père, je n'ose pas. Sauf toi, mon journal.

Lundi 17

Enfin une bonne nouvelle : Metz est prise à l'ennemi ! Pourvu que ça soit vrai !

Pourvu surtout que cette guerre se termine vite : pour l'école, je suis sûre que si mes frères reviennent, papa changera d'idée.

Mercredi 19 août

Pourquoi écrit-on un journal ? Vraiment, pour soi-même, d'abord. C'est un compagnon et un confident qui réchauffe le cœur. On peut lui dire toutes sortes de choses intimes et même très bêtes, ou au contraire compliquées, qu'Alette, par exemple, qui est ma camarade de communion et ma meilleure amie, ne peut pas comprendre. Quand je lui ai dit que je tenais un journal, ça l'a étonnée. Elle m'a demandé « Pour quoi faire ? » Bonne question ! Mais quand même, je ne peux pas m'empêcher de penser que peut-être, un jour, on le retrouvera au fond d'un grenier, dans cinquante, soixante ans, ou même plus, que quelqu'un le lira, c'est drôle de penser ça. Et que peut-être ça l'intéressera de savoir comment s'est passée cette guerre. Parce que, pour le reste… Franchement, je ne vois pas pourquoi on s'intéresserait aux petites pensées d'une fille de treize ans, bientôt quatorze. Enfin, le « reste », c'est pour moi toute seule. Vraiment, quand je ferme mon cahier, je me sens plus en paix, même quand je n'ai écrit que trois petites lignes. J'ai l'impression que le temps s'arrête un instant, que j'en garde un petit peu avec moi, et ça me donne de la force.

Vendredi 21
Le facteur dit que le pape est mort.

Dimanche 23
Je m'aperçois que j'ai parlé de grand-père Auguste et pas de ma chère grand-mère qui est morte il y a deux ans. On l'appelait la mère Auguste, tellement tous les deux ils s'adoraient et s'entendaient pour faire du bien aux autres. Grand-mère, c'était la femme qui aide. Elle aidait aux bébés et aux morts.

Elle faisait la toilette des nouveau-nés et celle des morts. On l'appelait de partout, on avait toujours besoin de ses services. C'était de famille, sa mère à elle, mon arrière-grand-mère que je n'ai pas connue, était aussi femme qui aide. Grand-mère connaissait les herbes qui guérissent et faisait la cuisine comme pas une au village. Tout ce que je sais faire en cuisine, c'est grand-mère qui me l'a appris, les gâteaux surtout, elle les aimait tellement, elle en faisait un chaque dimanche. Il y a deux ans, elle revenait en carriole du marché d'Echalot où elle allait tous les mardis vendre ses herbes. La carriole a buté sur une pierre, s'est renversée. Grand-mère est morte sur le coup, le crâne fracassé. Ce jour-là, tout s'est arrêté dans la maison du Menuis. Pour grand-père, le choc a été trop rude. Il a cessé de parler, lui qui connaissait tant d'histoires. À quelques semaines de là, il a eu son attaque de goutte et, maintenant, il reste la plupart du temps immobile, appuyé sur sa canne.

27 août 1914
Je n'ai pas écrit depuis plusieurs jours, il y avait trop de travail. La moisson a été finie hier. Demain tout le blé sera rentré. Ouf !

Vendredi 28
Le journal parle d'un effroyable combat à Charleroi. On dit que les morts arrivent jusqu'aux naseaux des chevaux.

Samedi 29 août

Il paraît que Thérèse, la fille du facteur, qui est un peu débile, a vu une étoile se lever du côté de l'est et que, de cette étoile, le drapeau français est apparu. C'est la grande nouvelle du jour ! On la colporte, personne ne sait s'il faut y croire mais comme, au fond, tout le monde aimerait bien y croire, on fait semblant de se moquer de Thérèse pour ne pas avoir l'air idiot. Semblant, seulement… Moi, ils me font rire !

1er septembre
Rien

2 septembre
Rien. Pas de nouvelles de mes frères. Pas de nouvelles de la guerre. J'essaie de faire bonne figure, d'être forte. Pleuré dans mon lit, cette nuit.

J'ai vraiment sangloté comme un bébé, mon oreiller était tout mouillé.

3 septembre
Je me bats contre les mauvaises pensées, les pensées noires. C'est dur. Encore plus dur le matin, au café, quand je vois le visage fermé de maman.

5 septembre 1914
Il paraît que les Allemands avancent ! Est-ce qu'ils veulent assiéger Paris ? Ici, on dit qu'ils veulent prendre notre armée par-derrière. Il paraît qu'ils

sèment la terreur et qu'ils pillent les maisons. Tout le nord de la France, ils l'ont occupé et les gens sont jetés sur les routes avec les enfants, les bêtes, toutes les affaires. Pourvu qu'ils ne viennent pas jusqu'ici ! La Bourgogne, quand on regarde la carte, ça paraît tout près !

6 septembre
Je reste à ma fenêtre avant de me décider à fermer les volets. La nuit est froide et claire. La lune est dans le gros ormeau, la terre est blanche comme s'il avait neigé et, au loin, pas si loin que ça, il y a la guerre, et les hommes et les chevaux qui meurent.

7 septembre 1914
Cette nuit, des réfugiés sont arrivés au village. Ils ont dormi dans notre grange et d'autres arrivent encore ce matin. Ils fuient les Allemands qui ont envahi leurs villages, dans le nord. Ils ont tout perdu et ils racontent des choses terribles. Ici, on est démoralisé. Il y en a qui veulent partir. Ce soir, il y avait du monde à la maison qui discutait pour savoir s'il fallait plier bagage tout de suite ou attendre encore… Papa essayait de les raisonner. Il ne faut pas céder à la panique. J'ai peur.

8 septembre 1914
On a caché le grain au cas où les Allemands viendraient jusqu'ici. Maman a mis dans des malles du

linge et des vêtements, s'il fallait partir très vite. Moi, j'ai emballé dans mon cartable ce que j'ai de plus précieux : d'abord ce cahier, dans la poche extérieure, mes mouchoirs, mon livre de classe de l'an passé que la maîtresse m'a permis de garder, mes peignes, ma médaille de première communion. Quelles journées ! On guette la moindre nouvelle. Et la nuit, je ne dors pas !

Mercredi 9 septembre
Ce soir, un beau coucher de soleil. La moitié du ciel flamboie, noyé de rouge, de rose, d'or et de violet.

10 septembre 1914
C'est affreux de se dire que, dans quelques jours, peut-être demain, les ennemis vont arriver comme un ouragan et tout détruire. Et qu'il faudra partir d'ici ! Et mes frères chéris, comment saurez-vous où nous sommes ? On ne pourra même pas vous laisser de message !

12 septembre 1914
Victoire ! Victoire ! Nos soldats ont gagné la grande bataille de la Marne. Dans la mairie, il y a la photo du général Joffre qui commande notre armée. La bataille a duré six jours entiers, du 4 au 10 septembre. Mais il n'y a pas de nouvelles des soldats.

14 septembre

C'est bien une victoire puisque l'ennemi recule sur tous les fronts. Magnifiques soldats français ! Merci, merci, merci ! Grâce à vous, les Allemands ne viendront pas chez nous ! Que je suis égoïste, je ne pense qu'à nous et pas aux pauvres soldats qui viennent de mourir et à toutes les larmes qui coulent ! Toujours pas de nouvelles d'Eugène et Paul. Maman pleure en cachette, papa ne veut pas la voir pleurer « pour rien, puisqu'on ne sait rien », ça le met en colère. Il dit qu'il ne faut pas user ses larmes, qu'il faut qu'on en ait de réserve. C'est gai !…

Mardi 15

Il y a maintenant des trains de blessés qui sillonnent la France. C'est comme des trains fantômes, on ne sait pas où ils vont. Le savent-ils eux-mêmes, ces pauvres blessés ? Ce matin, je suis allée à la gare de Sombernon avec maman et d'autres femmes chargées de brocs et de cruches. On a attendu longtemps. Finalement, le train est arrivé.

Des wagons et des wagons d'où ne monte qu'un seul cri : « À boire ! » Un gémissement désespéré. On a le cœur fendu. Nous allons revenir le plus souvent possible, porter de l'eau à tous ces hommes qui souffrent.

Mercredi 16 septembre

Les trains de blessés continuent à passer par Sombernon. Je suis retournée ce matin avec maman,

Louise qui a dix-sept ans et qui est la fiancée de Paul, et la mère Gervaise. On ne peut pas s'empêcher d'imaginer, de se dire que, peut-être, ceux qu'on aime s'y trouvent, Paul, Eugène… On ne sait jamais combien de temps le train va rester. Alors il faut se précipiter. Parfois, les wagons sont ouverts, on voit des hommes couchés dans la paille ou immobiles sur le plancher sanglant. Ah, faut-il vivre ça ! On doit se hisser dans le wagon pour donner à boire. Et ça sent mauvais !

Pourtant, il faut y aller, même si ce terrible gémissement ne s'arrête jamais, même quand un cri affreux le déchire parfois : « Ma jambe ! Coupez-moi la jambe ! ». Il y a des femmes qui vomissent après ça.

Ce matin, un des wagons est resté silencieux. Maman, un doigt sur les lèvres, a dit : « Doucement, ils dorment ». Et c'est seulement ce soir, en me glissant dans mon lit, que j'ai compris que, de ce sommeil-là, ils ne se réveilleraient jamais. J'ai pleuré.

18 *septembre*

Énorme orage, la nuit dernière. Je n'ai presque pas dormi. Un sale sommeil entrecoupé d'un affreux cauchemar où je voyais Eugène revenir à la maison mais, quand il me prenait dans ses bras pour m'embrasser, il était tout froid et je m'apercevais qu'il était mort. Brrrr… ! Il faudrait pouvoir ranger ses rêves dans un placard qu'on ferme à clef, mais ces vilains rêves ont la clef du placard.

Ce matin, on patauge dans la boue, le toit du hangar a été à moitié détruit par les grêlons, le ciel est bas et mon moral encore plus.

19 *septembre*

Bonjour, mon journal ! Ce matin, il fait grand beau temps, l'air est transparent, les vignes commencent à rougir. J'ai décidé de me secouer et de reprendre le dessus. Dans cinq jours, c'est mon anniversaire. Je veux arriver à mes quatorze ans la tête haute ! Et pourtant, c'est bien dur de penser que l'école commence dans onze jours et que moi je n'irai pas.

20 septembre 1914

J'aime beaucoup Mlle Combe, notre maîtresse. Elle est toujours gaie, toujours prête à aider les autres. Elle dit qu'il faut « tenir », nous les « gens de l'arrière ». Et qu'il faut garder le moral. Elle dit que c'est un signe de patriotisme. C'est dur d'être patriote quand on n'a pas de nouvelles de ses frères depuis un mois et demi. Je guette le facteur. Il n'y a jamais rien pour nous.

21 septembre

Bonne nouvelle : la maîtresse va me faire travailler cette année après l'étude, pour que je n'aie pas de retard quand je reprendrai l'école. Ensuite, je voudrais bien préparer l'entrée à l'école normale d'instituteurs. Il y a un concours difficile et il faut beaucoup travailler, mais cela ne me fait pas peur. J'aime l'étude et, plus tard, je ne veux pas vivre à la campagne. Je ne veux pas épouser un paysan mais un garçon de la ville. Ce n'est pas que j'aie de la fierté puisque je suis née ici, à Crécy, à la ferme et que, dans la famille de papa, on a toujours été paysan. Mais disons que je me sens plus proche du côté de maman, qui est née à Dijon, même si elle m'énerve souvent et si elle ne me comprend pas.

Voilà, chez nous, les garçons aiment la campagne, les filles la ville.

22 septembre

Depuis une semaine, le facteur apporte tous les jours au village des lettres des soldats. Mais rien pour nous ! À la maison maintenant, sans se le dire, on évite de prononcer les noms d'Eugène et Paul. Il paraît que, s'il y avait de mauvaises nouvelles, nous le saurions car ils préviennent les familles.

Julien est insupportable : depuis quelques jours, il ne trouve rien de mieux que de jouer à la guerre. Pour une fois, il a été puni ! Je ne le plains pas.

24 septembre 1914

Enfin, une lettre d'Eugène ! Juste pour le jour de mes quatorze ans ! Il va bien. Il dit qu'il ne sera pas là pour les vendanges, mais peut-être à Noël. Cette sale guerre va donc durer jusqu'à Noël !

Rien de Paul.

Il faut s'organiser pour le pain, parce que les boulangers sont partis. Celui qui reste, c'est celui de Venterol. Il nous apprend à pétrir la pâte. Maman a rallumé le four de la ferme et nous avons refait le pain à la maison. J'en ai porté un à grand-père ce matin. Il était tout content !

25 septembre 1914

Monsieur le maire est venu ce matin très tôt chez Madeleine Japriset. Je menais les vaches aux champs. Je l'ai vu frapper un petit coup au volet. Et puis, en revenant, je passais devant, j'ai entendu Madeleine pleurer. Clément a été tué. C'est affreux ! Il avait vingt-quatre ans. Maintenant, Madeleine est toute seule avec son bébé. C'est le premier mort du village.

Samedi 26 septembre 1914
La commission militaire est venue ce matin réquisitionner les vaches qui se font vieilles ou qui n'ont pas de veau. C'est pour faire de la viande pour les soldats.

Dimanche 27 septembre
Cousu, cousu tout l'après-midi avec Alette et Louise qui se languit de Paul et qui n'arrête pas de me parler de lui.

Mardi 29 septembre 1914
Hier nous sommes allés à Sombernon, maman, Julien, moi et Louise. C'est le premier marché depuis le début de la guerre. Il était petit, il y avait moins de gens, moins d'hommes surtout. Nous avons vendu trois volailles et maman a acheté une paire de sabots pour Julien.

Dans les rues de Sombernon, beaucoup de magasins sont fermés. Sur la vitrine du libraire, il y a une pancarte qui dit : « Auturier Marcel, parti au troisième Dragon, confie sa femme et ses cinq enfants aux Sombernonnais ».

On dit qu'à l'hôpital, il n'y a plus de place pour mettre les blessés et il a fallu ouvrir des écoles. Mais il manque beaucoup de choses pour les soigner. Il paraît qu'il y a des dames qui s'organisent entre elles pour fabriquer des pansements avec des morceaux de chiffons.

Ce soir nous sommes revenus avec la charrette de l'oncle Pierre. Ils ne l'ont pas réquisitionnée parce que mon oncle est charretier. Nous étions au moins dix entassés dans la charrette. Et, juste avant la montée de Venterol, on a croisé le facteur et le facteur avait une lettre de Paul ! Il ne dit pas où il est, ils n'ont pas le droit de le dire, je ne sais pas pourquoi. On n'a que des adresses de « Poste restante ». Il dit qu'il ne sera pas là pour les vendanges, de bien s'occuper de Louise, et qu'il va essayer de nous écrire plus souvent.

Jeudi 1er octobre 1914

Rentrée des classes pour Julien. Je l'ai accompagné. Tous les enfants étaient sous le préau à 8 heures mais beaucoup sont repartis parce qu'il y a trop de travail aux champs. Ici, à Crécy, nous avons la chance d'avoir une maîtresse. À Venterol, le maître est parti soldat, il n'y a plus personne pour faire la classe.

Vendredi 2 octobre 1914

Ce soir, j'ai été avec Alette à la sortie de l'école. Avec la maîtresse, on a organisé les heures de travail pour moi : le mardi, mercredi et vendredi, après la classe. Et puis, elle nous a montré, sur la grande carte de la classe, où avait eu lieu la bataille de la Marne. Les élèves ont mis des petits drapeaux tricolores qui représentent les Français, et d'autres pas très beaux qui sont les Allemands.

Mlle Combe, c'est vraiment notre ange gardien. En dehors de la classe, elle fait toutes sortes d'autres choses : elle fait secrétaire de mairie et elle est préposée au téléphone du village, elle garde les enfants des femmes qui sont aux champs ; elle soigne les gens et même les vaches. Elle donne des conseils et elle remonte le moral de tout le monde. Si elle n'était pas là, je ne sais pas ce qu'on ferait. Elle n'est pas de chez nous, je crois qu'elle vient de la région de Lyon. Je ne sais pas pourquoi elle n'est pas mariée, elle est si gentille et quand elle s'habille bien, le dimanche, elle est toute pimpante et jolie. Il y a sûrement un secret dans sa vie. J'aime bien les secrets, j'aime les gens qui ont des secrets, j'aime Mlle Combe.

Lundi 5 octobre
Les vendanges ont commencé ce matin. Mais c'est bien triste cette année. D'habitude on riait dans les sillons, on plaisantait. Maintenant personne ne parle en travaillant. On coupe vite le raisin, chacun se demande tout bas si son mari, son père, son frère n'est pas en train de mourir en ce moment.

Mardi 13 octobre
Toujours pas de nouvelles de Paul. Tobie, mon chien, est malade.

Samedi 17
Été aux champignons avec Alette, Louise et la mère Fleurot.

Mardi 20 octobre
Les vendanges ont été finies hier. Le vin sera bon car il a fait très chaud. Mais on manquera de pieds pour le fouler et de gens pour le boire.

Jeudi 22 octobre
Les premiers froids sont arrivés. On pense aux soldats. Lettre de Paul, enfin !
Il demande qu'on lui envoie des vêtements chauds.

Dimanche 25
Alette et sa mère sont venues prendre le café. Elles apportent à maman un plein panier de pommes et un autre de noisettes et de châtaignes.

Lundi 26 octobre
À la ferme de l'Envaux, on apprend la mort du fils aîné, Jules. Maman et moi, nous sommes montées tout de suite. Nous trouvons le père et la mère, Joseph et Léonie, abattus, pleurant sur la table de la cuisine. Les plus jeunes, Marie et Léon, le petit

bossu, tout barbouillés de larmes, reniflant assis par terre dans un coin de la pièce. Ils viennent d'apprendre la nouvelle, la soupe tiédit encore dans les assiettes. On les a pris dans nos bras. Et puis nous pleurons tous dans cette chambre, c'est comme si leur douleur était la nôtre. Quelle misère !

Jeudi 29 octobre
Pas de lettre d'Eugène depuis un mois et cinq jours.

Dimanche 1er novembre 1914
Aujourd'hui, c'est la Toussaint. Il y a eu grand-messe.

Monsieur le curé dit qu'il faut être patriote, que la France est la fille aînée de l'Église et qu'il faut se sacrifier pour elle. Dans notre village il y a déjà huit morts. Est-ce que Dieu aime les Allemands ?

Lundi 2 novembre
Messe des morts. On ne peut même pas fleurir leur tombe. On ne sait pas où ils sont, les journaux n'ont pas le droit de le dire. Tout le monde pleure dans l'église. Nous avons quand même été au cimetière et nous avons dressé une seule grande croix pour tous ceux qui sont morts. Il y a leur nom dessus et aussi des cocardes bleu, blanc, rouge.

Mardi 10 novembre
Pas de nouvelles, ni des nôtres, ni des autres, ni de la guerre. Dans le silence, on imagine forcément le pire. Alette m'agace, elle parle tout le temps.

Mercredi 11 novembre
Travaillé avec Mlle Combe. On a fait du calcul mental. J'aime ça. J'aime être toute seule dans la classe avec elle. Elle me pousse vraiment, elle me soutient, elle me dit qu'instituteur, c'est le plus beau métier du monde. Et puis on parle de la guerre. Elle m'explique le Communiqué, c'est une feuille qui est affichée à la mairie avec les nouvelles du front et les petits drapeaux qui sont sur la carte de la classe et qui bougent tous les jours.

15 novembre
Ce que j'aime le plus, quand j'ai du temps, c'est lire. La maîtresse me prête des livres. En ce moment, je lis *La Mare au diable*, de George Sand. Eh bien, je dois être vraiment très émotive, parce qu'il m'est venu des larmes à la fin quand la petite Marie dit à Germain qu'elle l'aime. Je me suis sentie toute bête !

20 novembre 1914
Depuis quelques jours, à l'école, les petits drapeaux ne bougent plus sur la carte. Pendant tout l'automne, ça n'arrêtait pas parce que les soldats allemands et les soldats français essayaient d'atteindre la

mer du Nord. Maintenant, les petits drapeaux sont immobiles sur des centaines et des centaines de kilomètres. Et nous, au village, on reçoit des lettres qui disent : « On a froid, on a faim, mais on tient. »

25 novembre

C'est la Sainte-Catherine, la fête de celles qui ne sont pas mariées à vingt-cinq ans.

Chez nous, il y en a trois qui sont déjà des veuves à vingt ans. Ce qui est dommage, c'est qu'il n'y a pas de bal de Sainte-Catherine, cette année. Alette dit qu'on aurait bien pu en faire un quand même avec ceux qui restent. Finalement, elle exagère, elle ne pense qu'à elle, elle n'a aucune compassion pour ceux qui sont partis !

Jeudi 26 novembre 1914

Lettre d'Eugène. Il dit qu'ils creusent des grands trous comme quand on plante les vignes. Ils se cachent dans ces trous et, s'ils ont le malheur de se montrer, les « boches » les « canardent » à cause de leurs pantalons rouges qu'on voit de très loin. « Boche » c'est un drôle de mot, ça veut dire Allemand. S'ils creusent des trous, ça va durer longtemps. Mlle Combe dit que « le front s'est stabilisé ». Mais il y en a qui disent que la guerre s'enlise. Maintenant, plus personne ne croit que la guerre sera courte. Les deux armées sont enterrées dans des « tranchées ». Mais nous ne savons rien de plus.

3 décembre

J'attends et je ne sais plus ce que j'attends puisque l'heure du facteur est passée depuis longtemps. Il fait froid. Nous cousons avec maman près de la fenêtre. J'ai l'air d'être là, penchée sur mon ouvrage, mais je suis bien loin, dans un pays qui existe mais que je vois pour la première fois, dans les Ardennes peut-être, un pays de feu et de mitraille. Il doit y faire encore plus froid qu'ici. Et je me sens seule, à pleurer. Je me dis « s'il me voyait, mon pauvre Eugène, il me dirait de sécher mes larmes. »

11 décembre 1914

Cent trente-troisième jour de la guerre. Envoyé à Eugène un colis avec du saucisson, du lard, trois boîtes de thon et du chocolat, à Paul des chaussettes, des biscuits et un paquet de tabac. Papa dit que ça n'arrivera pas puisqu'on n'a qu'une adresse de poste restante et que les soldats bougent tout le temps. J'espère que ça arrivera quand même, et pour Noël encore !

14 décembre

Dispute avec papa qui m'a trouvée assise sur le banc près de la cheminée à lire *Jacquou le Croquant* : il dit qu'il n'y a pas de raison que je reste « à ne rien faire », que, quand il me voit comme ça, les mains lui démangent de me donner une correction ! Et moi j'ai répondu, je n'aurais pas dû. Et il m'a envoyée immédiatement épandre le fumier au potager. C'est affreux, pourtant j'aime bien mes parents, mais j'ai l'impression d'être un œuf de coucou dans une nichée de pies. Je me sens tellement différente d'eux !

25 décembre 1914

C'est Noël, Noël de guerre. L'eau gèle dans l'abreuvoir, il a neigé toute la nuit. Hier soir, nous avons fait une petite veillée avec Madeleine qui pleure toujours son Clément. Elle ne parle presque plus, Madeleine. Nous l'aidons tant que nous pouvons. Papa lui a rentré tout son bois pour l'hiver, moi je garde le petit et je vais au lavoir laver son linge avec le nôtre.

Après, nous avons été à la messe de minuit. Le curé a parlé des soldats qui passent Noël dans la boue glacée des tranchées sous les obus allemands, sous la neige. Quand nous avons chanté « Minuit, chrétiens », il y avait si peu de voix d'hommes ! Pas de lettre d'Eugène ni de Paul.

1915

Lundi 4 janvier 1915

Voilà, la guerre a changé d'année.

Mais l'année a quand même commencé par une lettre de Paul et ça, c'est bon signe ! Il a reçu le gros colis de Noël que nous lui avons envoyé, Louise et moi. Dans sa lettre, il demande qu'on lui envoie des limes pour graver dans des morceaux d'obus !

Qu'est-ce qu'ils peuvent bien faire de ça, en pleine guerre ? Ils doivent s'embêter quelquefois dans leurs tranchées… Paul veut qu'on lui raconte tout, ici, le cochon, si on l'a tué, mon frère Julien, s'il nous aide bien, si le lavoir n'a pas gelé, si maman a vendu nos pommes de terre, combien de poulettes il y a au poulailler.

10 janvier 1915

Rêvé de mes frères chéris, qu'ils étaient avec nous. Il fait un froid de loup, l'eau gèle jusque dans l'étable. Toujours pas de nouvelles d'Eugène. On guette le facteur le cœur battant et on redoute l'arrivée du maire.

Quand on le voit entrer dans une maison du village, c'est toujours pour annoncer un mort.

18 janvier

Rien. C'est la vieille lune. Papa a coupé le bois.

20 janvier

Réquisition de grain.

22 janvier

Sujet de conversation préféré de mon amie Alette : les garçons. Et surtout un certain garçon, le fils Morelot, le jeune, Étienne. C'est bien ce qui nous sépare, avec Alette. Moi, je trouve que les garçons, c'est pour plus tard et qu'en ce moment, il y a des choses bien plus graves, bien plus importantes qui se passent. Alors, elle parle toute seule...

28 janvier

Lettre de Paul. Il dit qu'il sera de retour à la mi-carême « pour manger des crêpes ». Je le reconnais bien là, Paul : toujours optimiste, toujours sûr de lui. Dieu t'entende, grand frère ! Il dit qu'il est gai et que les soldats chantent souvent. Est-ce bien vrai ? Ah, je prie pour qu'il ne mente pas. Mes frères chéris, je voudrais tant savoir… Qui sont vos camarades, à côté de qui vous dormez, avec qui vous mangez et quoi, si vous vous rendez de petits services, s'ils reçoivent aussi des colis de chez eux, ce qu'il y a dans votre sac de soldat, s'il est bien lourd, si vous vous battez en ce moment… Vous m'appellerez curieuse. Tans pis ! Mon Eugène, je sais que ça te fera sourire.

1er *février*
Tout est gelé. On a froid dans les maisons. On économise le bois, on en a coupé moins que d'habitude et rentré moins, cet hiver.

11 *février*
Il neige. Je ne sais pas pourquoi, ça me rend toute gaie.

12 *février*
Ce que les parents peuvent être méchants et injustes parfois ! Sous prétexte que c'est la guerre et que beaucoup de gens sont en deuil, on n'aurait plus le droit de rire du tout ! Julien et moi on a été punis parce qu'on a fait une bataille de boules de neige ! Papa a fait une colère terrible. Quoi, il faudrait pleurer tout le temps alors que, le bon Dieu m'entende, nous ne sommes pas en deuil ! Si cette sale

guerre tue les soldats à coups de mitraille, au moins qu'elle ne fasse pas mourir d'ennui les gens de l'arrière ! C'est ce que dit Alette et je trouve que, pour une fois, elle a raison ! Heureusement, Tobie est venu fourrer son gentil museau dans mes jupes pour me dire qu'il m'aimait bien et que j'avais raison d'être gaie parfois.

16 février
Cousu toute la journée avec maman et Alette qui veut faire couturière plus tard. J'ai aidé maman à faire des fonds de robe pour Mme Cléry, la femme du notaire de Sombernon. Il n'y a plus guère de travail pour les couturières comme elle, en ce moment, on s'habille moins, on fait moins la fête et on ne se marie pas. En plus, il n'y a pas beaucoup de tissu.

22 février 1915
Lettre de Paul à Louise. Il annonce son départ pour Dannemarie, Alsace, où son bataillon va construire des tranchées.

24 février
Rien. Pas de nouvelles, pas de lettre. Rien d'Eugène, surtout. Je suis triste à mourir.

28 février 1915
À la messe, monsieur le curé dit maintenant le nom de ceux de Crécy morts là-bas. Je ne les reconnais pas

tous à leur nom de famille, on en use peu ici, mais, après, on m'explique : c'est le petit de Louiset, le petit de Migou, de Malaquit… À la sortie de la messe, tout le monde regarde la mère Fleurot, son fils est mort et elle ne le sait pas encore. On l'a appris avant-hier, la nouvelle est venue par un camarade de feu, le fils Morelot, Justin, l'aîné. Et elle continue à faire ses paquets, à expédier ses tricots et personne n'ose lui dire que c'est inutile. Comme l'avis n'est pas officiel, le maire ne peut rien faire, mais les gens pourraient être plus discrets, franchement ! Je suis sûre que la pauvre femme se doute de quelque chose, elle se tait, ne parle à personne. Comme si elle redoutait le mot lâché.

1er mars

Toujours pas de nouvelles d'Eugène. J'ai interrogé Justin Morelot : il ne l'a pas vu sur les champs de bataille. Bon ou mauvais signe ? L'attente fait mal, torture le cœur. Il y a des jours d'angoisse horrible, des journées qui paraissent interminables, et puis des jours où l'inquiétude s'endort. Comme si on était au chevet d'un malade.

8 mars

Travaillé avec la maîtresse : histoire romaine, géographie de la France et français. Elle me fait lire Émile Zola.

14 mars
Demain, la commission de réquisition vient prendre du vin pour les soldats : un tonneau par famille. Bon, c'est vrai que cela paraît normal d'aider nos soldats mais ici, les gens commencent à rechigner…

18 mars
Julien a le rhume. Maman a vendu nos pommes de terre, ça fait quelques sous. J'ai un très joli poulailler : seize poulettes et un beau coq, une vraie fortune. La réquisition nous a pris toutes nos juments mainte-nant, la nôtre et celle d'oncle Pierre aussi : même le charretier n'a plus de charrette !

29 mars
Ce soir, pleine lune. Tobie a hurlé à la mort pen-dant près d'une heure. Sinistre. Finalement, Julien lui a donné un coup de pied et on s'est disputé.

Vendredi 2 avril
Lettre de Paul. Il est maintenant dans le secteur de Belfort. Il nous demande si nous avons de bonnes nouvelles d'Eugène. Toujours rien.

Samedi 3
Grosse émotion : maman en larmes ce matin dans le poulailler, à genoux dans la paille avec ses œufs dans le tablier. Elle était toute honteuse que je l'aie surprise. Je l'ai embrassée et puis j'ai éclaté en sanglots,

moi aussi. Elle a posé ses œufs et m'a prise contre elle. Je crois que je pleurais autant d'émotion de ce moment de tendresse avec elle – c'est si rare ! – que de tristesse à cause d'Eugène.

Lundi 5 avril

La réquisition, toujours la réquisition ! Aujourd'hui, réquisition de couvertures pour les soldats. Le garde-champêtre est passé dans toutes les familles, mais chez nous on n'a pas de couvertures de laine, que des édredons ouatés et piqués par maman, un par lit, et la couverture de grand-père qui est au crochet. Donc rien à donner et tant mieux ! On devient égoïste, elle est mal organisée leur guerre ! Tout le monde est furieux, à Crécy. La semaine dernière, c'était les juments, le fourrage et le vin, le mois dernier le grain. Que va-t-il nous rester, à nous, dans les campagnes ?

Mercredi 7 avril 1915

On rapporte de Dijon une caisse en bois : ce sont les derniers petits objets ayant appartenu au fils Fleurot, Marcel. J'ai été avec Louise à l'ouverture de la caisse. La mère Fleurot nous l'avait demandé, c'était trop d'émotion pour elle qui est déjà veuve et dont le fils était la joie de vivre. De voir cette caisse fermée, c'était comme un cercueil, on a tous pleuré et puis ensuite ces pauvres choses qu'on prend une à une, un miroir de poche, un paquet de tabac, un beau mouchoir rose tendre brodé (par Élise sans doute, sa fiancée qui habite Thorey), un porte-monnaie qui contient encore quelques sous, des lettres… C'est si vivant, justement, des objets personnels !

Dimanche 11 avril 1915

Justin, le fils Morelot, est revenu chez lui hier. Définitivement. Il est amputé de la jambe gauche. Alette – c'est le frère de son amoureux –, ça lui a mis un coup. On dirait qu'elle se rend enfin compte qu'il y a la guerre !

Jeudi 15

Toujours pas de lettre d'Eugène. Mlle Combe, qui est venue boire le café, a conseillé à papa d'aller voir le maire pour essayer d'en savoir plus. Il y a peut-être une commission, des gens à qui écrire, à qui demander des nouvelles ?

Dimanche 18

À la messe, de plus en plus de tabliers noirs sur les robes du dimanche. C'est la couleur à la mode en ce moment...

Lundi 19 avril 1915

Eugène est vivant ! Nous avons eu une lettre, enfin ! Quand le facteur est arrivé, j'ai tout de suite reconnu l'écriture. La lettre vient d'Allemagne. Sur l'enveloppe, il y a un tampon « Kriegsgefangenensendung ». Quelle drôle de langue ! Ça veut dire : « Envoi de prisonnier de guerre ». Eugène prisonnier !

Dans sa lettre, Eugène dit : « Je suis prisonnier depuis le mois de novembre, je vous ai déjà envoyé six lettres. La recevrez-vous, celle-là ? Ici, nous sommes abandonnés de tous, et nous souffrons atrocement de la faim. Il n'y a par jour qu'une écuelle de bouillon maigre, malodorante, sur laquelle tout le monde se précipite. Il faut nous envoyer des colis de nourriture ! »

Et puis Eugène nous donne une adresse : Camp de prisonniers de guerre, Heuberg (Baden). Et, au dernier moment, alors qu'on remettait la lettre dans l'enveloppe, on a vu une phrase encore, rajoutée à l'intérieur : « Je vous en prie, envoyez-moi des colis ! »

Je n'ai pas pu m'empêcher de pleurer. Maman non plus. Papa a donné un grand coup de poing sur la table.

Mardi 20 avril

Je viens d'envoyer un colis à Eugène. Je l'ai porté moi-même à la gare pour être plus sûre que ça arrive. J'ai mis des pruneaux, du lard, du chocolat, des madeleines, deux paquets de tabac. J'enverrai deux colis par semaine.

Jeudi 22 avril

Envoyé à Eugène : de la teinture d'iode, des bandes, de l'Occipoux contre la vermine, trois boîtes de sardines, une grosse brioche, une médaille de saint Antoine, du lard gras.

23 avril

Saint-Georges. Il pleut depuis hier. J'ai été aux escargots avec Alette et Louise. Demain, j'irai aux mousserons, ceux de la Saint-Georges sont les meilleurs. Mais j'irai seule parce que les mousserons, c'est un secret entre grand-père et moi. Du temps qu'il courait la campagne, il gardait ses coins pour lui. Les mousserons viennent en rond et sur le pas des vaches mais il ne suffit pas de savoir ça. Grand-père, il avait le don pour les trouver. Il y allait seul en prenant garde de ne pas se faire suivre. Personne n'aurait osé, d'ailleurs, suivre l'Auguste. Maintenant qu'il n'y va plus, il me dit ses coins, en me faisant promettre de les garder pour moi. Même papa ne les connaît pas et comme il est bien trop fier pour essayer de me tirer les vers du nez, il prétend qu'il n'aime pas les champignons !

1er mai

On s'était dit avec Alette qu'il n'y aurait pas de « mai » cette année à cause de la guerre : eh bien, Alette en a eu un devant sa porte, une branche de charme avec un ruban dessus, et elle sait bien de qui !

Moi aussi, j'ai eu un « mai », mais je ne sais pas de qui. Et je n'ai pas envie de savoir.

2 mai

Gelée blanche, ce matin. C'est la lune rousse. On espère que les semailles ne vont pas griller. Les poules pondent bien.

7 mai

Julien est beaucoup plus gentil, beaucoup moins « enfant gâté ». Il nous aide volontiers, même à faire des choses de femmes : ce matin, il m'a proposé de lui-même, de porter les paniers de linge au lavoir. Je crois qu'il est secoué par ce qui arrive à notre Eugène. La guerre nous change tous.

15 mai

La mauvaise herbe envahit les champs et les labours.

18 mai

Les rogations ont commencé ce matin. On a processionné à 7 heures avant la messe. Il y avait de la rosée, on entendait les oiseaux. C'est la procession que je préfère, on est entre camarades de communion et les filles du chœur de chant. On est habillées tout en blanc et Alette ça lui va si bien, le blanc, avec ses cheveux roux ! C'est vrai qu'elle est la plus belle fille du village et j'en ai bien été jalouse quelquefois, allez, s'il faut le dire, avec mes cheveux couleur filasse et mon air de petite fille ! Ce matin, monsieur le curé a béni les fontaines et les puits. On part de l'église, on tourne à droite et on bénit la fontaine de la place. Puis on monte par le chemin de Veaux et, au passage, chacun demande à faire bénir son puits, sa citerne. Ceux des Pleaux, ils sont trop loin, on n'y passe pas. Alors, ils ont apporté l'eau de leur puits. On a mis une table au bord de la route avec une nappe blanche, un christ, un cierge, le sel dans un bol et le pot avec l'eau du puits. Et puis le soleil monte dans le ciel, la rosée sèche et la procession repart. Le curé a béni les champs de Mahaut, de Malaquit, de Vautelot et toute la plaine jusqu'à Thorey. Et la fontaine à Girarde, il entre dans la fontaine avec la croix. On a poussé jusqu'à la croix du Verger et on est revenu à l'église pour la messe.

47

28 mai

Je suis passée à la mairie en sortant de l'école pour recopier le Communiqué. On apprend que le front recule, avance, recule, ravance. Mais on n'y comprend pas grand-chose. En rentrant à la maison, j'ai fait la lecture du Communiqué à voix haute, parce que des voisins étaient venus pour écouter. Le Communiqué dit : « Nous avons perdu une tranchée au Bois-Brûlé, mais nous en avons enlevé une à l'ennemi au Bois-le-Prêtre ». On n'y comprend toujours rien. Papa dit qu'ils font du surplace.

2 juin 1915

Moi, je tricote lentement. Avec Louise, nous avons trouvé un arrangement. Louise écrit très mal, mais elle tricote très bien. Alors, elle me fait des tricots pour Eugène et moi, je lui corrige ses lettres pour Paul.

4 juin

Louise sautillait comme une chèvre, ce matin. Paul lui a écrit qu'il reviendrait en permission dans un mois. Il a très peur que ses lettres n'arrivent pas parce que l'adresse est écrite avec le méchant crayon bleu des soldats qui s'efface à la pluie.

10 juillet

Depuis quelques jours, je guette Paul. Il a dit début juillet. Il devrait être là ! En ce moment on fait les foins et je n'arrive plus à travailler. Je suis sans arrêt le nez en l'air à guetter à la lisière du bois la tache rouge du pantalon des soldats. Cette attente m'énerve. Maman me gronde tout le temps. Elle est triste et inquiète. Papa va être mobilisé, c'est sûr. Cette guerre est une vraie guerre de Cent Ans.

Dimanche 12 juillet 1915
11 heures du soir. Paul est arrivé ! À 8 heures ce soir ! Nous étions à table, Tobie s'est mis à aboyer comme un fou et Paul a toqué au carreau. On a vu son visage contre la fenêtre, on s'est tous précipités, et on l'a à peine reconnu. Il est barbu, son visage est tout noir et ses yeux ont l'air plus grands qu'avant. Et puis, il n'a plus le pantalon rouge. Il est habillé tout en bleu. J'ai ouvert la porte et j'ai voulu me jeter

dans les bras de mon Paul. Mais il m'a dit : « Non, Adèle, ne m'approche pas. Passe-moi un pantalon, une chemise. Et surtout ne sors pas. Je ne veux pas que tu attrapes des poux. » Je les lui ai jetés par la fenêtre. Il a mis ses vêtements militaires dans l'eau de l'abreuvoir.

Après, il est rentré à la maison. Il riait, il nous a embrassés. Il nous a dit qu'à cause de leur barbe on les appelait les « poilus » et qu'on avait changé leur costume parce qu'avec le pantalon rouge ils faisaient de vraies cibles pour les Boches. Maintenant ils sont en « bleu horizon ». Il paraît que les soldats sont pleins de poux, que c'est une vraie infection.

Et puis, il a couru chez Louise, et je crois qu'en ce moment il lui donne la bague qu'il a gravée dans un morceau d'obus avec ma lime. Voilà à quoi a servi la lime ! Il a dit que ce serait leur bague de fiançailles.

Lundi 13 juillet 1915
Levée très tôt. J'ai à peine pu dormir. Paul a changé. Il est plus grave, plus sérieux. Ce matin, il était levé avant moi. Il lavait ses affaires avec du gros savon. Il passait en revue toutes les coutures, sortait les poux et les lentes et les écrasait un à un. Il a commencé à me raconter les tranchées. C'est terrible ! Ils sont cinquante, soixante hommes par tranchée, enfoncés dans la terre, dans la boue, avec les rats et la vermine ! Jamais on n'aurait pu imaginer ça. Il faut

écrire, pour que les gens sachent, plus tard. Même si c'est horrible, même si je pleure en écrivant. Je dois le faire.

Mercredi 15 juillet 1915

J'écris ce que Paul raconte, tant que je m'en souviens : « Nous passons plusieurs jours de suite dans les tranchées. Quatre, cinq, six jours, quelquefois plus. Sans dormir, avec de la boue jusqu'à la ceinture, sous le "marmitage" des obus allemands. Au milieu des rats. Des gros rats qui vous regardent avec leurs yeux rouges, qui vous marchent sur la figure quand vous dormez et qui courent partout sur les blessés, sur les cadavres.

Et, puis quand on n'en peut vraiment plus, quand on finit par s'en ficher complètement d'être tué parce que tout ce qu'on voudrait c'est dormir, un autre régiment vient prendre la relève. D'autres gars comme nous qui ont peur. Et ça recommence. » Quelle horreur ! Et dire qu'on ne savait pas ! Paul, il ne peut même pas continuer à raconter, il dit qu'il y retournera bien assez tôt, « dans la gadoue ensanglantée », que des choses comme ça, ça ne s'oublie pas, qu'il me racontera plus tard, s'il est toujours vivant. S'il est toujours vivant !

Vendredi 17 juillet

Ce matin, grand-père est venu prendre le café avec nous. C'est rare que grand-père vienne jusqu'à la maison ! Ils sont restés à la cuisine à parler de la guerre, avec papa et Paul. Je me suis fait toute petite comme une souris parce que je sais que Paul ne veut pas que j'entende trop de choses de la guerre. Et il a continué à raconter les tranchées à grand-père : « Quand il va y avoir une attaque, on nous prévient : "À telle heure, nous attaquons." On touche double ration : un quart de gnôle plus un litre de vin, autant de café. Le capitaine passe dans la tranchée. Il nous dit : "Surveillez le poste de commandement. Quand vous verrez éclater un fusant, ce sera l'attaque. Et tout le monde dehors !"

On nous fait passer la baïonnette au canon. Ça veut dire qu'on va se battre au corps à corps, si on a eu la chance de ne pas être tué par les obus aussitôt sorti de la tranchée. On a peur, grand-père, ah je ne savais pas ce que c'était que la peur ! Le ventre noué, les jambes, il n'y en a plus… Et puis, tout à coup, un mot circule : "En avant ! Il faut y aller !" Il faut sortir de la tranchée, et vite. Les traînards, les trouillards, le capitaine les abat sur-le-champ. »

Grand-père, il ne dit rien. Il regarde par terre et, de temps en temps, il tape un coup par terre avec sa canne. Et quand je le regarde, il a les yeux mouillés et un peu rouges mais, comme il est vieux, je crois qu'en fait il a toujours les yeux comme ça. Papa s'est levé et il est parti aux champs. En ce moment on rentre les foins.

Mardi 20 juillet 1915

Ça y est, Papa a été appelé. Nous l'avons su hier soir par la maîtresse. Maintenant, ils appellent les plus vieux. C'est le général Joffre qui a décidé d'appeler la « réserve ». Les journaux l'ont dit ce matin et c'est affiché à la mairie. Papa a interdit de pleurer et il veut qu'on finisse les foins avant son départ.

Mercredi 21 juillet

Il est très tard. Je n'ai pas dîné, je n'ai pas envie de dormir. Nous avons fini les foins à 10 heures ce soir, cela fait trois soirs que nous travaillons à la lanterne. Papa part demain pour Dijon. Comme il fait partie des « vieux », il n'ira pas en « première ligne ». Tant mieux. Il surveillera les routes et les chemins de fer où passent les convois militaires. Paul repart aussi demain.

Jeudi 22 juillet 1915

Ils sont partis. La maison est bien vide. Nous les avons accompagnés jusqu'à la gare, Louise, Julien et moi. À la gare, il y a toujours plein de femmes et d'enfants qui attendent les soldats. Quand un soldat descend du train, les enfants courent dans tout le pays en criant : « Le père de tel ou tel est revenu ! » Et tout le monde se précipite à sa rencontre en espérant qu'il aura des nouvelles à donner d'un fils, d'un frère…

Mis en même temps un colis pour Eugène : deux pains, du lard gras, du saucisson, du tabac.

23 juillet

On m'a pris Tobie, mon chien, mon Tobie ! Non, c'est trop injuste ! Cette sale commission militaire est venue ce matin réquisitionner les jeunes chiens pour chasser les rats qui pullulent dans les tranchées. Ils ont pris cinq chiens au village. Ils m'ont pris mon Tobie. On a eu beau pleurer, Julien et moi, ils disent que c'est le règlement. Je ne le reverrai pas, c'est sûr ! Je n'ai plus envie de rien et le pire c'est qu'il n'y a rien à faire qu'à essayer de ne pas penser à Tobie.

1er août 1915

Déjà un an.

La guerre dure. On a commencé la moisson. C'est la deuxième de la guerre. Il y a encore moins de bras que l'année dernière. Dans les champs, il n'y a presque que des femmes. Des religieuses de Sombernon sont venues nous aider. Avec leurs grandes jupes, elles ne peuvent pas faucher, mais elles font les gerbes et elles les chargent sur la charrette. C'est drôle à voir !

Bonnes nouvelles de papa, il est à Béthune dans le Nord.

Vendredi 13 août

Nous avons eu une lettre d'Eugène. Il dit que les Boches raflent tout ce qu'on lui envoie ! Voici sa lettre : « Chère Adèle, tu sais, tes colis je les reçois vides. Il reste juste quelques miettes au fond de la boîte. Mais c'est tout ! » Je suis folle de rage ! Ce sont nos ennemis qui mangent ce que j'ai fait avec mes mains ! Mon frère chéri, mon adoré frère, quand reviendras-tu ?

Encore un mort au village : Gabriel Recey, vingt ans. Est-ce que vraiment ça sert à quelque chose de mourir pour la patrie ? La moisson avance. Il fait beau.

15 août
Fin de la moisson. On a fait la procession jusqu'à la Madone du mont Chenu de Cointay, par la route du Moulin et la chapelle Sainte-Barbe. Le curé a béni tous les champs.

15 septembre 1915
Aujourd'hui, réquisition de blé. Alors que depuis une semaine le village manque de pain, parce que moins de farine, parce que moins de blé, parce que moins de bêtes pour labourer et moins de bras pour moissonner. Et c'est nous qui sommes punis ! C'est sûr, la commission militaire nous paie, mais une misère, alors que tout augmente. Les sabots, par exemple, puisqu'il n'y a plus de sabotiers, ils sont tous à la guerre, sauf les plus vieux : la paire est passée de trois à cinq francs ! Pour le blé, le maire a prévenu que, si on refusait de livrer, la commission de ravitaillement viendrait saisir le blé et mettrait des amendes. Il ne manquait plus que ça !

21 septembre

Des nouvelles de papa : il pense qu'il va finalement être transféré sur le front, mais ce n'est pas encore sûr. J'espère que non ! Cette nuit, l'horloge de l'église a été retardée d'une heure.

24 septembre

15 ans aujourd'hui. Et mes espoirs envolés. Ou plutôt cachés comme par un gros nuage. La guerre, c'est le temps de la vie qui s'arrête. Et quand il reprendra ce sera peut-être trop tard.

J'y pense depuis si longtemps à mes quinze ans ! J'aurais dû être à Sombernon, en deuxième année d'école supérieure, à préparer le brevet pour entrer à l'École d'instituteurs. Et me voilà immobilisée ici par cette sale guerre. Et jusqu'à quand, personne ne le sait.

1ᵉʳ octobre 1915

Ce matin, rentrée des classes pour Julien. Devant la porte, tout le monde discutait de la nouvelle loi : à cause de la guerre, le gouvernement a interdit de chasser ! Alors maintenant, les animaux sauvages vont saccager les champs. On n'a le droit de tuer que les pies et les corbeaux, et une seule fois par semaine ! Ils envoient des hommes se faire massacrer par milliers et nous, on nous interdit de chasser ! Au village, tout le monde est furieux.

2 octobre

Une lettre d'Eugène. Mais Dieu qu'elle fait mal : Je crois que vous ne me reconnaîtriez pas si je frappais aujourd'hui à la porte de chez nous : je suis plus maigre que l'épouvantail du verger quand il y a les cerises. On ne nous donne presque rien à manger. Parfois, je pense à la pâtée que papa porte tous les jours au cochon, à l'automne quand il faut engraisser, et je me dis que le cochon a de la chance… »

Quelle injustice ! Mais qu'a-t-il donc fait au bon Dieu, mon Eugène, pour mériter pareille misère ! Pourquoi est-ce que tout cela tombe justement sur lui ? Je me console en me disant qu'au moins il est en vie, que dès la fin de la guerre, il va nous revenir. Mon Dieu, faites qu'il tienne jusque-là !

8 octobre

Paul est arrivé ce soir par le train de 9 heures. Son bel enthousiasme commence à retomber. Il dit que là-haut, sur le front, les soldats sont découragés, haineux contre le gouvernement qui ne veut pas admettre que c'est impossible de battre les Allemands. Il s'est effondré en lisant la lettre d'Eugène. C'est la première fois que je vois Paul pleurer. Et c'est à nous de lui remonter le moral, alors que je suis malheureuse à mourir, rien que de penser à mon pauvre frère là-bas dans le camp de prisonniers, sans nourriture, dans le froid.

15 octobre

Paul est reparti ce matin par le train de 11 heures. À la gare, personne n'en menait large. Louise en larmes, maman pas loin et moi non plus. Comme elles sont douloureuses, ces séparations ! Douloureuses au point de maudire ces permissions tant désirées… On ne peut pas s'empêcher de penser, au moment où Paul disparaît dans la fumée de la locomotive, que c'est peut-être la dernière fois. Et puis il

faut encore lutter contre ces pensées, faire bonne figure, pour les autres d'abord, et puis pour soi-même. Pour continuer à vivre.

28 octobre
Une lettre d'Eugène ! Mais si noire, si triste ! Oh, je sens bien qu'il ne veut pas trop nous dire son malheur, nous donner de détails, pour qu'on ne se fasse pas trop de souci. Il dit qu'il est un peu malade, qu'ils ne sont pas chauffés, là-bas, dans ce camp de Würtzburg, et qu'ils sont nombreux à avoir pris froid parce que les conditions ne sont pas « idéales » pour les « petits poilus sans grade ». Mais de ne pas s'en faire, que le principal, c'est qu'il soit en vie. Oh, je ne sais pas pourquoi, je ne sens que du malheur, que du désespoir, à la lecture de cette lettre !

1er novembre
Jour des morts. Il y a foule au cimetière, même si les morts de la guerre n'y sont pas. Il y en a qui n'ont même pas de tombe, on les enterre directement dans les tranchées.

16 novembre
Je suis toute triste : Alette est partie à Epuzargues, faire son apprentissage de couturière. Elle va y passer tout l'hiver. Bon, ce n'est pas trop loin et elle reviendra à Crécy le dimanche mais je vais être encore plus seule maintenant.

20 novembre
Julien s'est blessé avec le manche de la charrue. En ce moment, on fait les labours. Avant de partir, papa nous a montré pour labourer. Il faut atteler les bœufs, Rouge et Mourlier, mais ça on sait le faire depuis longtemps. Le plus dur, c'est de tenir le manche de la charrue. Il faut beaucoup de force et le manche est très haut, fait pour un homme. Quand on n'a pas la taille, chaque fois qu'on heurte un caillou, on reçoit le manche dans la poitrine ou dans le visage. C'est ce qui est arrivé à Julien. J'étais derrière lui, je l'ai vu lâcher la charrue et tomber à moitié assommé. Les bœufs ont continué, le temps que je les rattrape, que je les fasse retourner, j'arrive, je vois mon pauvre Julien le visage plein de sang. Il a le menton ouvert et une dent cassée.

5 décembre
Le froid est venu. On entend chanter les vanneaux dans le pré neuf et dans les aulnaies. Mon Eugène, tu aurais du plaisir ! Aucune nouvelle de toi. Si tu savais comme tu nous manques, si tu le savais seulement, cela te donnerait de la force, j'en suis sûre.

12 décembre
Papa en permission depuis hier et pour six jours. Pauvre papa, quand je t'ai vu arriver à la barrière, tout crotté, tout amaigri, si fatigué, je m'en suis

voulu de t'avoir tellement embêté avec mes histoires d'école ! Je sais maintenant que tu ne peux pas comprendre. Et tu as bien d'autres soucis ! Papa a tout de suite demandé des nouvelles d'Eugène et on ne lui a pas montré la dernière lettre, ce n'est pas la peine de l'abattre encore plus. Il parle peu, ce n'est pas comme Paul, il dit juste qu'ils sont dans la boue jusqu'au cou. Ce qui m'étonne, c'est qu'il n'est pas révolté comme mon frère. Il pense que c'est normal de servir la patrie et même de mourir pour elle. Ça ne se discute même pas. Il dit toujours que, dans la vie, il faut « aller de l'avant sans avoir rien à se reprocher » et faire la guerre, c'est simplement faire son devoir. Et moi, je ne suis pas d'accord ! Je pense comme Paul. Je ne sais pas très bien ce que je pense ni vraiment ce que c'est que le devoir mais je ne peux pas aimer et servir une patrie qui engloutit les hommes et se nourrit de leur sang ! Ce n'est évidemment pas le moment de parler de tout ça... Papa est si content de voir que la maison tourne sans lui, il ne le dit pas mais je vois bien qu'il est rassuré.

17 décembre
Papa est reparti. Il n'a pas voulu qu'on l'accompagne à la gare. Et avec lui, pas question de s'émouvoir. Pourtant, quand il a embrassé grand-père, qui est son père et qui a soixante-douze ans, j'ai bien vu une larme couler sur sa joue.

18 décembre 1915

Pas de nouvelles d'Eugène. Rien depuis plus d'un mois. Je lui ai envoyé un gros colis de Noël : dattes, oranges, poires sèches, lard, biscuits. Louise a eu une lettre de Paul hier, de la Meuse. Il va bien.

23 décembre

Il neige.

24 décembre 1915

Ma marraine Berthe est venue passer Noël avec nous. Là-bas, à Dijon, c'est beaucoup plus dur qu'ici, à la campagne : ils manquent de tout et tout est très cher. Nous, à la ferme, même s'il n'y a pas d'argent, on a toujours de quoi vivre : les œufs, le lait, le cochon, le jardin. Depuis un an, elle travaille dans une usine d'armement. Avant la guerre, son mari était ouvrier dans une fabrique de matériel électrique. Quand il est parti au front, pour Berthe ça a été terrible parce que, d'un coup, il n'y a plus eu d'argent du tout à la maison. Et ils ont deux enfants. Dans l'usine de Berthe, il n'y a presque que des femmes. Le travail est pénible mais elle dit qu'en faisant cela, elle a l'impression d'aider à la victoire avec son François qui est au front. Comme son salaire ne suffit pas, elle confectionne des vêtements militaires à domicile. Elle fait cela la nuit quand les petits dorment et c'est très peu payé. Le gouvernement distribue bien des « allocations militaires » aux familles des mobilisés mais c'est une vraie misère : un franc vingt-cinq par jour ! Le prix d'une douzaine d'œufs... Il paraît que maintenant, à la ville, beaucoup de femmes travaillent. Dans sa rue, rue Pasteur, une grande blanchisserie s'est ouverte, pour laver en gros le linge des soldats qui est toujours plein de poux. Elles doivent étendre le linge dehors tous les jours par tous les temps, même s'il gèle et que les doigts font mal, et ça doit être vraiment pénible.

25 décembre

Veillée de Noël, une veillée de femmes, sauf grand-père, Julien et le petit cousin Abel qui a quatre ans. Maman a fait une poule au pot et un gâteau au noix, celui que papa aime tellement. Messe de minuit sous la neige. Même le carillon est assourdi par la neige.

1916

1er janvier

Pour mes étrennes, ma marraine Berthe m'a abonnée à *La Mode illustrée* ! J'ai le premier numéro, c'est un beau journal avec des dessins qui paraît tous les trois mois. On y voit comment s'habillent les dames en ville et puis il y a aussi des recettes de cuisine, une page de morale chrétienne et des histoires vraies. Il y a un modèle de robe de mariée en mousseline avec un empiècement et des poignets en tulle et, dans le bas de la jupe, une pointe de satin incrustée… J'ai hâte de le montrer à Alette, ça l'intéressera. Moi, je ne suis pas trop intéressée par les belles toilettes mais c'est vrai que c'est bien joli à regarder. Je vais lui garder les numéros, parce que c'est tout expliqué comment il faut s'y prendre pour faire ces modèles.

10 janvier 1916

Eugène est mort ! Mon colis est revenu. L'adresse d'Eugène est barrée. Il y a écrit : « Retour à l'expéditeur : Eugène Hervé décédé ». Mais c'est fou de croire cela ! Non, ce n'est pas possible, ce n'est pas vrai ! Mon frère, mon frère, mon frère !

14 janvier

Quatre jours et trois nuits à pleurer.

15 janvier

Mon frère aimé, mon Eugène, parti ! Pourquoi es-tu allé là-bas, comme les autres, te faire tuer ? Toi, tu devais rester. Tu ne devais pas y aller. Tu ne devais pas faire la guerre. La guerre ne voulait pas de toi.

Mon Eugène, pourquoi ? Pourquoi ?

20 janvier 1916

Je hais cette guerre. Je hais ceux qui l'ont décidée. Je hais les Allemands. Je hais les Français.

Un jour, je déchirerai ce journal.

10 avril 1916

Je n'ai pas ouvert ce cahier depuis longtemps. Le printemps est là.

C'était insupportable de ne pas savoir comment Eugène était mort. On a écrit, écrit, dans ce camp de prisonniers. J'avais toujours en tête sa phrase : « Nous allons tous mourir de faim. » Hier, nous avons su :

Eugène est mort de froid, d'une pneumonie. Dans l'hôpital de ce camp.

14 avril 1916

Depuis quelques jours, il y a des bandes de gros gibiers qui saccagent le blé naissant. Hier, c'est toutes les vignes de Méot qui étaient par terre, les piquets renversés, comme si une armée entière était passée par là. Le vieil Émile, le bûcheron, dit que c'est de la grosse bête, du sanglier ou du chevreuil. C'est vraiment bizarre, on n'a jamais vu ça.

16 avril 1916

Les ravages des « grosses bêtes » continuent. Cinquante-six hectares de blé détruits sur la commune d'Epuzargues ! Plus au sud, des hectares et des hectares de vigne. Des gens ont vu des troupes de sangliers passer comme des enragés au milieu des champs. Il paraît qu'ils fuient une terrible bataille qui se passe dans le Nord.

19 avril

Alette est revenue de son apprentissage hier. On a causé tout l'après-midi, comme avant. Elle n'a fait que me parler du fils Morelot, mais tant pis, je suis contente qu'elle soit de retour. L'hiver a été bien gris, bien triste sans elle.

20 avril

Toujours les saccages d'animaux. La bataille doit être vraiment terrible pour que tous les animaux s'en aillent. Le Communiqué dit que nous livrons en ce moment une bataille décisive. Tous les jours, on apprend qu'il y a des morts dans les villages.

Lundi 28 avril

Pas de nouvelles de papa.

Lundi 4 mai 1916

Lettre de Paul, ou plutôt une carte. « Carte de correspondance ». Dessus, il y a écrit en imprimé : « Je suis malade. Je suis blessé. » Il faut rayer la mention inutile. Paul a tout rayé et il a écrit : « Bonne santé ».

12 mai 1916

Le maire est venu chez nous. Papa est mort. « Pour la patrie. »

Pas été travailler. Il faut soutenir maman. Cette guerre est atroce.

Samedi 8 août 1916

Cela fait longtemps que je n'ai pas ouvert ce cahier. Je n'avais plus le cœur.

Là-haut, dans la canonnade, là où papa est mort, tout près d'ici, à deux cents kilomètres de chez nous seulement, du côté de Verdun, il y a eu l'enfer sur terre. On l'a su par les journaux et les Communiqués.

Parce que, d'un coup, il n'y a plus eu de permissionnaires pour raconter ce qui se passait. Ils étaient tous
morts.

10 août
Encore deux morts à la ferme des Pleaux. Les deux
fils aînés. Cela fait des mois que le maire parcourt le
pays avec son veston noir. On le voit entrer tous les
jours dans une nouvelle maison. « Mort au champ
d'honneur… » Que de larmes, mon Dieu, maintenant que chaque famille a son mort ! Comment Dieu
a-t-il permis l'enfer de Verdun ?

Mercredi 12 août
Une lettre de Paul. Enfin ! A-t-on assez pleuré ces
dernières semaines ! On était tellement sûr qu'il
était mort, lui aussi. Paul dit qu'il est blessé, qu'il a
été évacué sur un hôpital de Lyon et qu'il reviendra
dès qu'il pourra. C'est tout ce qu'il dit.
Heureusement, depuis trois mois, grand-père
habite chez nous. Pour moi, ça a été une grande
consolation, et pour maman un appui précieux. Et il
s'est passé quelque chose d'extraordinaire. Depuis la
mort de papa, grand-père marche de nouveau. Oh,
je ne dis pas qu'il cavale comme avant. Mais enfin, il
a retrouvé ses jambes et il fait même des petites
choses comme tailler les haies ou aller au jardin, et il
s'est remis à faire des charpeignes, ces grands paniers
en coudrier que tout le monde lui enviait autrefois

tellement il les faisait beaux. C'est comme si la mort de papa l'avait reverdi, maintenant qu'il est le chef de famille. Et puis, soixante-douze ans, pour un homme de la famille Hervé, ce n'est pas vieux ! Son frère aîné, Célestin, le cantonnier, à quatre-vingt-quatre ans, il est encore à faire ses talus !

13 *août*

Alette m'annonce ses fiancailles avec Étienne Morelot. Je suis la première à être dans la confidence. Je suis toute tourneboulée. Ils se fréquentent depuis plus d'un an et c'est une affaire sérieuse, ça je le savais. Mais de là à se fiancer, alors qu'Alette n'a pas dix-sept ans et qu'Étienne va faire dix-huit en novembre et va donc forcément être appelé sur le front ! Enfin, ils sont tout heureux, je ne vais pas faire le rabat-joie. Il n'y aura pas de fête, bien sûr, parce que chacun a son deuil chez soi, le père Morelot et le frère d'Alette sont morts à la guerre. Il y aura juste un repas samedi prochain avec ceux qui sont là, la mère et la sœur d'Alette, la mère d'Étienne et son frère Justin qui est blessé de guerre et réformé.

14 *août*

On moissonne. Il n'y a plus d'hommes du tout.

15 *août*

Fête de la Vierge. L'orage a couché tous les blés cette nuit.

24 août

Alette et Étienne sont fiancés depuis hier. Ça fait tout drôle. C'est comme si j'avais perdu mon amie. Bien qu'elle me dise que tout restera comme avant, je sais bien que ce n'est pas vrai. Et je ne sais pas pourquoi, je ne vois que du malheur alors que je devrais me réjouir. Je suis triste et je m'en veux d'être triste.

28 août 1916

Paul est revenu ! Hier soir, il y avait de la brume. J'étais en train de barricader le portail, j'ai vu une figure qui traversait la rue en biais, vers chez nous. Je ne reconnaissais pas la silhouette, je barricade plus fort. Et puis nos deux vieux chiens se ruent, ils s'arrêtent pile, le poil tout debout ! Et ils n'aboient pas, ils jappent doucement, ils glissent leur truffe sous la porte. Je n'ose pas y croire… Les chiens agitent la queue. J'ouvre, j'entends sa voix, je ne le reconnais pas mais c'est sa voix, c'est lui, c'est mon Paul ! Maman accourt, pleure, moi aussi, le grand-père… Paul ne pleure pas. Il s'avance lentement, en béquillant. Alors je comprends : il a une jambe en moins. Il a regardé maman, le grand-père, moi, puis tout autour de lui comme pour voir si quelqu'un d'autre n'arrivait pas. Et puis il a baissé la tête et une larme a coulé. Il a seulement murmuré : « Je savais », si bas qu'on l'a à peine entendu. Maman s'est jetée dans ses bras en sanglotant. Pour Eugène, il savait, pour papa, on ne le lui avait pas dit.

On est rentré à la maison. Paul s'est assis lourde-
ment à côté de la cuisinière, ses béquilles devant lui.
Tout le monde s'est mis à parler à la fois. Mais lui, il
ne disait rien. Il a fait signe qu'il avait faim. On lui
trempe la soupe et il mange en silence, lentement.
On sent que sa gorge lui fait mal. Il ressemble si peu
au Paul que je connaissais. Ça fait presque peur. Il a
le visage gonflé, les yeux hagards, les lèvres serrées
comme s'il ne pouvait plus ni sourire ni embrasser.

On est resté très tard. Grand-père a fait du feu bien qu'on soit en août. Personne ne parle trop, les larmes de maman coulent sans qu'elle s'en aperçoive. C'est mon frère chéri, mon frère vivant. Il est là, je tiens sa main. Mais elle est froide. Seul son chien de chasse est tout joyeux, couché à ses pieds.

1er septembre 1916

Voilà trois jours que Paul est rentré. Il reste au coin du feu, il ne bouge pas, il parle à peine. Il tousse beaucoup, à cause des gaz, je crois. Des voisins viennent aux nouvelles, mais ils n'osent pas rentrer.

2 septembre 1916

Paul m'a demandé de parler à sa fiancée Louise. Avec une voix cassée par la tristesse, il m'a dit : « Je suis infirme maintenant, avec ma jambe en moins. Je ne veux pas que Louise épouse un mutilé. Dis-lui que je lui rends sa parole. »

3 septembre 1916

J'ai parlé à Louise. Elle est désespérée ! Elle part en apprentissage chez sa tante qui est couturière, à Fay-le-Vieux. Quand elle reviendra, Paul aura peut-être changé d'idée.

5 septembre

Paul est toujours silencieux. Aux repas, il ne parle presque pas. Il tousse toujours beaucoup. Parfois je le regarde et j'ai l'impression qu'il souffre, mais que c'est surtout au plus profond de son âme qu'il est blessé. Parfois aussi je me dis que je rêve, que ce n'est pas lui, que c'est un autre homme. Maman aussi a changé, elle est devenue plus douce. Elle a des attentions pour son grand fils dont je ne la savais pas capable. Comme si ce guerrier qui clopine, c'était son tout petit Paul qui apprenait à marcher.

8 septembre
Grand-père et l'oncle Pierre ont acheté le cochon à la foire de Sombernon.

Lundi 18 septembre 1916
Ce matin, il y avait de la gelée blanche. Paul s'est levé pour accompagner le grand-père aux vignes. En regardant les vignes rabougries qu'on n'a pas pu tailler à temps l'hiver dernier, Paul a pleuré. Les corbeaux se sont envolés, toute une nuée. Ça lui a arraché ses premiers mots : « Des charognards qui mangent des cadavres, qui mangent nos morts. »

Mercredi 20 septembre 1916
Voilà, depuis hier soir, Paul a commencé à raconter Verdun. Les Allemands ont voulu en finir une bonne fois pour toutes. Ça a commencé le 21 février 1916, à 7 h 15 du matin. Tout de suite, ils ont su que « c'était la fin du monde ».

20 septembre 1916

Je vais essayer de noter tout ce que Paul raconte.
« L'enfer de Verdun. L'enfer, oui. Ça a duré cinq mois
et c'est pas fini. J'ai vu mourir Gaston, un camarade
de tranchée. Il me parlait toujours de sa femme et du
petit qui avait dû naître et qu'il ne connaissait pas
encore. J'ai vu son corps exploser au-dessus du sol.
Après il y avait des morceaux… J'ai vu mourir
Étienne, troué de partout, qui saignait dans la boue
en appelant sa mère. J'ai vu mourir Émile, mon meilleur copain. C'était en juin, les Boches ont lancé
une attaque au gaz. On avait les masques, ça vous
fait des têtes de cochon. Émile, il supportait pas, il
étouffait. Il a arraché son masque, il a vomi du sang
partout. On l'a évacué mais ses poumons étaient brûlés, il est mort. Moi, j'ai eu la gorge amochée, ça va
mieux. »

Paul parle lentement, il s'arrête, on dirait un som-
nambule.

Toujours le 20

Ce soir, Paul s'est assis près de la table pendant
qu'on épluchait les légumes pour la soupe. Il a passé
sa main sur son visage. Et puis sur ses yeux. Et il
continue à parler, sans savoir même si on l'écoute. Il
a un air si lointain, si étrange ! « On était coupé de
tout. On ne pouvait même pas écrire ni avoir de
nouvelles. Le vaguemestre arrivait jusqu'à nous
quand il n'était pas tué en chemin. On gribouillait

un mot, ça tombait de partout, les obus, les hommes, les chevaux. Ça "marmitait", comme on dit. Tu es là, tu ne sais même plus si tu es entier, si tu es un humain. Autour de toi, ça fume, ça crève en pleurant, des chevaux morts qui hennissent encore. »

Moi, je l'écoute et j'ai mal au ventre. Je n'ose pas lui demander de s'arrêter. J'ai envie de pleurer.

21 septembre
Encore Verdun, toujours Verdun. Quand ça le prend, il faut qu'il parle. Il parle avec une sorte de rage et de fatigue en même temps. Il a la voix rauque.

« On est debout, si on peut. Si on voit un Allemand, on se bat ; si on a la force. Sinon tant pis. Lui aussi, l'Allemand, il est presque mort. La mort, l'horreur, c'est tout autour de nous, c'est presque plus facile d'y aller, de s'y vautrer directement, que de se battre encore. On ne sait plus pourquoi on se bat. Les chefs, ça n'existe plus, seulement l'horreur, comme si toute la vie était comme ça, avec soi dedans. Seulement la mort, la mort. »

Paul s'est tu encore très longtemps. Il raconte par petits bouts, il laisse passer du temps. J'ai l'impression qu'il revient d'un autre monde. Ce soir, j'ai dit à Louise de ne pas être triste, que Paul était comme un grand malade qu'il fallait réhabituer très lentement aux choses de la vie.

22 septembre

Toujours Paul. À grand-père et à moi, ce soir, il parle à la veillée. Maman et Julien sont allés se coucher. Paul parle si bas, en regardant le feu, on ne comprend pas toujours ce qu'il dit. Il n'a pas vraiment envie de dire. Ce n'est pas pour nous raconter qu'il dit tout cela. Plutôt comme pour nettoyer une blessure infectée.

« Il n'y avait pas que nous, les Français, pour aller à la boucherie. Il y a des types qui viennent d'Afrique, qui n'ont rien demandé, qu'on a capturé pour aller défendre la France qui n'est même pas leur pays. Dans la tranchée d'à côté, il y avait tout un régiment de Nègres d'Afrique. Des types tout noirs, je n'avais jamais vu ça, habillés tout en rouge avec un pompon. Je m'étais fait un copain, Azib. Il me racontait son pays, le Sénégal, où il fait toujours soleil. On l'avait attrapé pour l'emmener ici, sans rien lui dire, faire la guerre dans la boue du Nord. Je l'ai vu blessé, ce gars-là, dur à la douleur. Je l'ai vu un jour lécher sa blessure pour désinfecter.

Ces types-là, on les envoyait toujours en première ligne, avant les autres. Pourquoi ? Parce qu'ils étaient noirs et qu'ils ne comprenaient pas le français ! Et puis un jour, voilà. C'était le 24 mai. Il fallait pas que l'armée française recule. On a envoyé tous les Noirs ensemble. À l'avant, pour prendre la première raclée. J'ai vu Azib coupé en deux et après, tous les cadavres des Noirs entassés. Après, c'était à nous, il fallait y aller, les Français… La surface de la lune, ça doit ressembler à ça. Des trous partout, plus d'arbres. Cassés en deux, les arbres, des moignons brûlés sur des centaines de kilomètres… La lune qui fume de toutes ses entrailles. Et dans tous les coins, des morceaux d'hommes, Adèle, des morceaux d'hommes ! »

23 septembre

J'ai à peine dormi cette nuit. J'ai fait des cauchemars horribles qui me réveillaient tout en sueur. J'ai honte à le dire, mais je ne veux plus entendre les horreurs que Paul raconte. Je me sens affreusement égoïste, mais je ne suis pas assez forte. Je vais éviter de m'asseoir à côté de Paul, pour aujourd'hui en tout cas.

Dimanche 24 septembre 1916

C'est mon anniversaire. J'ai seize ans.

Ce matin, Paul est venu avec moi voir les champs de vigne. J'avais tellement peur qu'il continue à me raconter sa guerre ! Et puis, pendant que je sulfatais, il m'a dit : « Tu vois Adèle, heureusement, il y avait les oiseaux. Nous, les gars de la campagne, des fois, on voyait des choses du fond de la tranchée. Un jour, fin mars, ça pleuvait depuis trois jours, de l'eau et des obus. Tout à coup, il y a eu une accalmie, les nuages se sont ouverts et on a vu une alouette qui fusait du champ de bataille, d'un trou d'obus. Elle est montée haut vers le soleil. J'étais content, c'était le printemps, je la voyais souvent quand je faisais les labours de mars. Ah, c'était beau. »

C'est la première fois que Paul me parle avec un peu de paix dans la voix. Pour le jour de mon anniversaire, c'est un joli cadeau.

25 septembre
Paul à l'air plus calme, plus reposé. Grand-père dit que c'est bien qu'il ait raconté tout ça, que ça va aller mieux maintenant.

27 septembre 1916

Après le café, tout à l'heure, grand-père a demandé à Paul comment il s'était « arrangé la jambe ».

« C'était le 25 mai. J'étais à la "Butte 104". Les Boches l'ont prise, on la leur a reprise, comme ça, quatre ou cinq fois de suite ; et puis on a eu l'ordre d'attaquer à la baïonnette. J'ai couru, il y a eu une énorme explosion, et je me suis retrouvé tout seul, couvert de terre, avec du sang partout. Quand j'ai repris connaissance, j'ai vu le ciel plein d'étoiles, le ciel de mai. J'avais atrocement mal. J'ai regardé vers ma jambe, c'était de la boue et du sang. J'ai compris que j'avais eu la jambe emportée par un obus. Je me suis encore évanoui.

C'est un type de chez nous, un Bourguignon, qui m'a ramassé : il m'a entendu gémir en patois, il a reconnu que j'étais de Bourgogne. Sinon il m'aurait laissé là, il y avait trop à faire.

Je me suis réveillé à l'hôpital. Il y avait un médecin jeune, l'air soucieux, au-dessus de moi. Il disait : "Il faut couper." Ma jambe était en bouillie. J'ai pleuré comme un môme. Il a amputé. J'ai tellement souffert que je ne me rappelle plus rien. Ensuite, on nous a évacués dans le centre, à Lyon. Mon camarade de lit, il était menuisier. Il a perdu les deux bras, il est tombé en avant sur une grenade. C'est là que j'ai compris que j'avais eu de la chance. La jambe, on peut béquiller. Mais perdre les deux bras… Le gars sans bras, il s'en remettait pas. »

10 octobre

Ce matin, sous le hangar à bois, Paul m'a dit : « Tu sais, Adèle, quand tu seras institutrice, il faudra leur dire, aux enfants : la guerre ça ne sert à rien. Ça ne sert qu'à ceux qui nous gouvernent. Mais nous, les soldats, qu'on soit français ou allemand, on n'est jamais que de la chair à canon. Et si jamais on s'en sort vivant, qu'est-ce qu'on aura gagné ? Rien. Il faudra toujours reprendre la charrue, tu vois, et se remettre au travail. Tu leur diras, Adèle, aux petits, tu leur diras la vérité, toi ? » Et il a ajouté : « Tu vois, je me suis toujours un peu moqué de toi quand tu étudiais, eh bien maintenant, je sais que tu as raison. Adèle, écoute-moi bien : tu les reprendras tes études. Je t'en fais la promesse. Et pour l'argent, on verra. Moi, je travaillerai, je me débrouillerai, mais je te jure que tu continueras. »

J'en avais les larmes aux yeux. Paul, comme tu as changé !

Mercredi 18 octobre 1916

On l'a appris ce matin par le maire : Paul est définitivement réformé. Il a eu la « fine blessure ». Il ne retournera pas au front.

20 octobre

J'ai été avec Julien et Jean Mairetet aux coudriers dans les carrières du Chesnay, cueillir les coudres pour les charpeignes de grand-père. C'est maintenant qu'ils sont les plus souples et les plus résistants, après les noisettes, à l'automne et en vieille lune.

Dimanche 22 octobre
Aujourd'hui, mon frère Julien a quatorze ans. Depuis la mort de papa et surtout depuis le retour de Paul, il est devenu un petit homme et il travaille dur sur la ferme. On ne peut pas s'empêcher d'imaginer le pire, que la guerre continue, qu'elle continue à dévorer les hommes, de plus en plus jeunes, et que Julien soit appelé. Antoine Fleurin, le fils de l'épicière qui a juste dix-huit ans, a été appelé hier.

26 octobre
Il pleut depuis trois jours sans arrêt. Paul se plaint de douleurs à sa jambe perdue.

28 octobre
Toujours la pluie. Notre cour n'est plus qu'une mare de boue.

29 octobre
Paul a toujours aussi mal. Il souffre tellement, par ces jours humides, qu'il doit rester couché. Grand-père dit que ces douleurs-là sont terribles. Il a préparé tout à l'heure un onguent avec des plantes qui doivent fermenter toute la nuit.

30 octobre
Les hirondelles sont parties tôt cette année. Il va faire froid.

1er novembre
Fête des morts. Ça a l'air idiot de se dire que l'on pleure à un jour précis. Et pourtant, je n'arrête pas de pleurer aujourd'hui ! Triste journée pour tout le monde, chaque famille a un ou plusieurs morts chez elle. Et des morts qui ne sont même pas enterrés dans notre petit cimetière au pied de l'église. Après la messe, le maire a lu les noms de ceux qui sont « morts pour la France » depuis le début de la guerre. L'an passé, c'était déjà comme ça, mais il n'y avait pas les noms d'Eugène et de papa. Et cette année… Que c'est long de s'habituer au départ de ceux qu'on aime. Et puis, je ne veux pas m'habituer, non, je ne le veux pas !

3 novembre
Paul va mieux. L'onguent de grand-père a fait son effet. Bien sûr, personne ne saura jamais la recette. Grand-père n'a jamais voulu dire ce qu'il y avait dans ses potions. « Ça mourra avec moi », il dit toujours.

11 novembre
Hier, nous avons été à Dijon avec maman pour m'acheter des chaussures et à maman un chapeau

pour le mariage d'Alette. Je m'en faisais une fête. Je ne sais pas pourquoi, je m'imaginais que la ville, c'était plein de lumières, d'arcs de triomphe, de gens qui rient, de musique. Une vraie fête foraine, quoi ! Et puis, dans le compartiment, une dame a dit : « Eh bien, nous voilà à Dijon ! » Et moi, godiche, je dis : « Mais il n'y a que des choux ! » C'est vrai, comme nous sommes juste après la Toussaint, il n'y a que des maraîchers. Ce que j'ai été déçue ! Maman a ri, ce qu'elle a pu rire ! Je ne l'ai pas vue rire comme ça depuis longtemps. Elle a raconté ça à grand-père en rentrant, j'étais toute honteuse. Et lui, il a dit : « Oui, Émilie, il est grand temps de la dégourdir, ton Adèle », d'un air mystérieux. Je ne sais pas ce qu'il a derrière la tête.

15 novembre 1916

Grande nouvelle : je vais sans doute retourner à l'école ! Hier soir, après souper, grand-père a poussé son assiette, il a pris son air des grands jours, il a dit à maman : « Émilie, il faut qu'on te parle de quelque chose. L'Adèle, il faut qu'elle y aille, à l'école à Sombernon. Elle a les moyens de devenir une demoiselle, l'institutrice l'a dit, et l'inspecteur aussi. Ton homme, vois-tu, à cette heure, il se serait laissé convaincre. Je le connaissais bien, va, mon grand têtu de fils ! Julien va aller sur ses quinze ans, il peut nous aider sur la ferme. On en a parlé avec Paul. Il dit pareil que moi. Elle veut faire institutrice, elle l'a toujours dit, elle est têtue comme son père, elle n'en démordra pas. Et puis douée comme elle est, elle pourra avoir une bourse. Il faut la laisser aller, Émilie ! »

Maman s'est essuyé l'œil avec le coin de son tablier noir. Elle a seulement dit : « Tu en es bien sûr, Auguste, qu'il l'aurait accepté, le père ? » « Oui, Émilie, bien sûr », a dit grand-père. Moi, j'avais reculé ma chaise dans le coin près de la cuisinière. Je le savais qu'ils allaient aborder la question à la fin du repas. Paul m'avait prévenue. Et quand maman a dit : « Alors, dans ce cas… » je lui ai sauté au cou, c'est la première fois de ma vie. Et je me suis mise à pleurer comme une fontaine !

18 novembre

Demain, je vais à Sombernon avec Mlle Combe, pour rencontrer le directeur de l'École primaire supérieure. Mademoiselle dit que je pourrai sans doute avoir une dérogation et rentrer directement en deuxième année au début janvier.

19 novembre

Nous rentrons de Sombernon. Je suis acceptée ! Le directeur est très gentil, il a une longue moustache très fine. Mademoiselle a fait de moi un tel éloge, disant que j'étais une élève exceptionnelle, l'honneur de son école, et encore toutes sortes de choses gentilles, que j'en étais toute gênée. L'école est très grande, tout en brique, avec beaucoup d'élèves et beaucoup de classes. Mais, pour avoir la bourse, je dois passer un test d'aptitude avant Noël. Je suis tellement excitée que je n'arrive à rien faire, j'ai simplement envie de me jeter sur mon lit, la tête dans mon oreiller, et de crier !

Mardi 22

J'ai accompagné Alette à son essayage chez la mère Émilienne qui lui fait sa robe de mariée. Quand je lui ai dit que je rentrais à l'école à Sombernon, elle a seulement dit « Ah, bon ? ». J'étais toute déçue qu'elle ne soit pas plus enthousiaste que ça ! Eh bien, s'il faut le dire, moi, ce mariage de guerre, juste avant le départ d'Étienne pour le front, je ne suis pas sûre que ce soit une si bonne chose. En fait, cela m'attriste que nous soyons maintenant si éloignées par les choses de la vie.

Jeudi 23
Lentement, Paul reprend goût à la vie. Aujourd'hui, il est parti tailler les haies avec le grand-père. Maman ne pleure plus aussi souvent.

30 novembre 1916
Hier, on a marié Alette et Étienne qui fêtait aussi ses dix-huit ans. Il y a eu la messe à 11 heures, puis un repas dans la salle de classe parce qu'il fait trop froid pour être sous la grange : hors-d'œuvre, escargots, pâtés chauds, truites, rôti de porc, poulet, gâteaux et crème à la vanille. C'est la mère Daniel, la grand-mère d'Alette qui a fait le déjeuner. Elle est cuisinière chez le notaire de Sombernon et elle fait la cuisine en journée pour les noces, les communions et les baptêmes. Justin, le frère d'Étienne, le blessé de guerre, a fait le discours et joué de l'accordéon. Le soir, on a dansé et, sur les minuit, quand les mariés ont voulu se retirer dans leur chambre tenue secrète, les gens de la noce ont fini par les dénicher pour leur

faire boire la « trempée », c'est une soupe au vin préparée dans un pot de chambre. C'est comme ça que se passent toutes les noces chez nous et je trouve ça bien bête, mais on n'y peut rien, c'est la coutume. Enfin, voilà, ils sont mariés. Mariage d'amour, c'est sûr, mais mariage amer puisque Étienne doit partir à la guerre le 1er janvier.

17 décembre

Je suis définitivement admise à l'école supérieure, avec une bourse pour toute la durée des études. J'ai passé le test d'aptitude hier. Ce n'était vraiment pas difficile : dictée, épreuve de lecture, un problème de calcul vraiment simple et des questions sur l'agriculture et l'élevage dans les départements français. Rentrée le 2 janvier. Oncle Pierre m'accompagnera au moins deux fois par semaine, puisqu'il emmène du monde au marché les lundi et jeudi. Sinon, à pied, ce n'est qu'à cinq kilomètres de Crécy.

18 décembre 1916

Avec Mlle Combe, le samedi après-midi, nous faisons le « paquet du soldat ». Toutes celles qui peuvent cousent et tricotent pour les soldats du front. Il y en a qui viennent de loin. Edmée et Augustine Lefour, qui font douze kilomètres à pied pour venir de Fay-le-Vieux. Pour retourner, c'est l'oncle Pierre qui les raccompagne en allant porter nos paquets à Dijon. L'oncle dépose nos paquets dans la maison d'une dame de Dijon qui a organisé un groupe de femmes : « les Semeuses de courage ». Elles savent où il faut envoyer les vêtements, soit au front, soit dans les hôpitaux militaires, soit dans les camps de prisonniers. C'est comme ça que nous aidons à la guerre.

Maintenant, nous avons presque toutes un « filleul de guerre ». C'est pour les soldats du front qui n'ont pas de famille ou qui sont trop loin de chez eux pour revenir en permission. On s'écrit, on leur donne du courage et des nouvelles de la campagne, des saisons et des champs. Ils savent qu'on pense à eux et ça les aide à « tenir ».

Moi, mon filleul s'appelle Lucien, et il est du département de l'Ariège. J'ai regardé sur la carte où c'était, et c'est vrai que c'est loin !

1917

1er janvier 1917

Quatrième année de la guerre.

Et troisième hiver. Celui-là est dur. Depuis Noël, ça gèle tous les jours. On a mis des planches pour ne pas glisser, surtout pour le grand-père et Paul. Ils vont tous les jours au café pour lire le journal. Sur le front, on sait qu'il fait 15° en dessous de zéro. Pauvres poilus ! Paul dit qu'à ce compte-là, le « jus » et le « pinard » doivent être gelés. Le « jus » et le « pinard », ça veut dire le café et le vin. C'est comme ça qu'ils parlent, les soldats. Ils nous apprennent des tas de mots. Par exemple, « hosto », c'est l'hôpital, « pompes », c'est les chaussures, « singe », c'est la viande. Quand il fait froid comme ça, le pain est si dur que les pauvres poilus dans leur tranchée, ils

doivent s'asseoir dessus pour le ramollir et le couper
à la hache.

2 janvier 1917
Ma première rentrée ce matin à l'école de Sombernon. Bonne impression. L'instituteur s'appelle
M. Autardet. Il est exigeant mais gentil. Nous
sommes quinze dans la classe. Ici, tous les élèves
écoutent, travaillent, personne ne dort près du poêle
comme chez nous, à Crécy !

4 janvier 1917
Étienne Morelot est parti hier pour le front. Ça
faisait mal à voir, il est marié depuis un mois, son
Alette s'accrochait à lui en pleurant. Pourtant, elle
savait depuis longtemps qu'il devrait partir, Étienne,
mais c'est comme si elle n'y croyait pas. Et lui, il
détachait doucement ses mains en disant : « Lâche-
moi, Alette, sois raisonnable. Veux-tu donc qu'ils me
fusillent comme déserteur ? » Et elle criait : « Non,
ne pars pas, je t'en supplie, ne pars pas, je ne pourrai
pas vivre ! Ne pars pas ! » Finalement, Étienne est
parti. Et Alette sanglote depuis hier, la tête dans son
tablier, chez sa mère.

5 janvier 1917
Fatiguée. Je n'ai pas la force d'écrire, ce soir. Pourtant, il s'en passe, des choses. À demain !

6 janvier

Ce que je voulais écrire, hier soir : Louise est revenue et avec Paul ils se sont fiancés une deuxième
fois ! Quand la guerre sera finie, ils iront vivre en
ville. Louise fera couturière et Paul menuisier. Il a
toujours aimé le travail du bois. Mais qui travaillera
sur la ferme ? Elle est déjà si délaissée avec trois
hommes en moins. Mon Dieu, faites que la guerre
s'arrête cette année et qu'ils ne prennent pas mon
frère Julien !

17 janvier

Il fait si froid depuis quelques jours que je passe ma
vie dans l'étable. Je lis ou je reprise sous la lampe à
pétrole, à côté des vaches. Grand-père aussi s'y installe souvent sur le petit banc pour faire ses paniers
ou réparer des outils. Il y fait bon, chaud, un peu
humide, en ce moment on y suspend le pain pour
que l'haleine des bêtes le ramolisse un peu, qu'il ne
durcisse pas trop vite quand on le fait, une fois la
semaine. Il durcit quand même, il faut un couteau
spécial pour le couper et il éclate en mille morceaux
aux quatre coins de la pièce mais pour moi, ce pain
d'hiver est le meilleur du monde, trempé dans le café
au lait du matin !

28 janvier

Je suis fatiguée, fatiguée ! Le soir, après le repas,
mes yeux se ferment, je tombe de sommeil. Il faut

dire que les journées sont longues. Je me lève à cinq heures et demi, je m'habille, je vais traire à l'étable et je fais encore une petite heure d'ouvrage avant d'avaler en vitesse mon café au lait et partir pour l'école. C'est la condition à laquelle maman a accepté : que je puisse continuer à l'aider à la maison. Quand l'oncle Pierre n'a pas de marché, je vais à pied à l'école, ça fait cinq kilomètres aller et autant pour le retour ! À midi, je vais m'installer dans le jardin public pour manger mon œuf dur, mon fromage, mon bout de lard et mon quignon de pain, parfois une gâterie que maman glisse dans mon panier, une orange, un bout de tourte aux pommes de terre. Tout ça avec l'eau de la fontaine. S'il ne fait pas trop froid. Sinon, nous avons le droit de manger dans la classe. À une heure, l'école recommence jusqu'à quatre. Quand j'arrive à la maison, en ce moment il fait presque nuit et il y a toujours du travail à faire : du linge à repriser, une volaille à plumer, des oignons à trier, donner l'herbe aux lapins, préparer la pâtée du cochon. Et puis j'ai des devoirs ! Avec tout ça, je n'ai plus beaucoup de temps pour toi, mon journal. Mais je vais essayer d'être quand même au rendez-vous !

3 février

Alette est inconsolable. Elle reste chez sa mère à pleurer. Elle ne veut même plus me parler. Je suis entrée chez elle tout à l'heure, c'était pitié de la voir. Assise près de la cheminée, le nez dans son ouvrage, elle a à peine relevé vers moi son visage bouffi par les larmes. Elle m'a dit : « Non, laisse-moi, Adèle, va-t'en, ne reste pas ici, je veux être toute seule », et elle s'est remise à sangloter. En passant dans la cuisine, sa mère m'a regardée en haussant les épaules. Elle dit que c'est comme ça toute la journée.

Mardi 20 février 1917

Lucien m'a envoyé sa photographie ! Il est plus petit que Paul, plus large d'épaules. On ne voit pas son visage à cause de la barbe. J'ai hâte de le voir pour de vrai !

27 février

Je suis devenue une étrangère pour Alette. Ça m'attriste horriblement. Elle est complètement transformée, à la fois par le sentiment et par la souffrance. Même son visage a changé. Elle qui était mon amie la plus rieuse, la plus bavarde – je le lui ai bien assez reproché ! – est devenue triste et silencieuse. Je ne l'ai pas vue sourire une seule fois depuis le départ d'Étienne. J'ai une impression bizarre et un peu pénible : d'avoir perdu mon amie et d'être incapable de la consoler parce que sa douleur est celle d'une femme… que je ne suis pas encore. Voilà, encore une fois, je ne pense qu'à moi, mon principal défaut. Au fond, si j'essaie d'être honnête avec moi-même, je suis un peu jalouse d'Alette. Avant, je la critiquais parce que je la trouvais légère et puis, tout à coup, tout a basculé dans quelque chose de très grave que je ne connais pas encore et qui me fait un pincement au cœur.

11 mars
Alette attend un bébé ! En rentrant de l'école tout à l'heure je passe devant chez elle, comme tous les jours. Mais là, pour une fois, elle était devant sa porte sur le petit banc. Elle m'a appelée, elle avait une lettre d'Étienne à la main. La pauvrette, elle était tout heureuse. J'ai vu son visage illuminé, son pauvre visage amaigri éclairé de l'intérieur. Et elle m'a annoncé d'une part qu'Étienne venait en permission dans quinze jours, et puis qu'elle était enceinte !

20 mars
Alette me demande d'être marraine de son bébé. Ce soir, c'est la pleine lune.

1er avril
Étienne Morelot est reparti ce matin, après une courte permission de quatre jours.

Mercredi 4 avril 1917
Plusieurs bonnes nouvelles. Premièrement, j'ai entendu le coucou. Ça veut dire que le printemps s'installe pour de bon. Mais surtout, deuxièmement, on apprend par le journal que les Américains sont entrés en guerre avec nous, contre les Allemands.

Jeudi prochain, on tue le cochon. Ça tombe bien, il n'y a pas d'école, je pourrai aider à la cuisine. Chez nous, on tue toujours le jeudi parce qu'on dit que vendredi le lard tournerait le saloir. Je ne sais pas si c'est vrai mais ici, vendredi est un mauvais jour pour toutes les affaires importantes. Et le dimanche, on fait le repas de cochon pour tout le monde.

Lundi 9 avril
Passé toute la journée à cuisiner le cochon avec maman, Louise et sa mère qui en ont un quart pour elles. On a fait les andouilles, les saucisses, le fromage de tête, c'est ce que je préfère, les pâtés et les boudins. Les boudins, je n'aime pas trop, il faut tourner le sang, ça me dégoûte un peu. Et puis on a découenné le lard, les hommes l'ont salé et porté au saloir. C'est grand-père qui a tué parce que le Marcel, notre tueur, est sur le front. En nettoyant les tripes à la rivière, on a attrapé quinze écrevisses, sur les balances que Julien avait posées hier au soir.

19 avril
Été aux pissenlits et à la doucette avec Louise.

23 avril
Alette s'est renfermée dans le silence depuis le départ d'Étienne. Elle se traîne, n'a de goût à rien. Elle ne pleure plus, mais elle est l'ombre d'elle-même. Son ventre s'arrondit.

28 avril

La vigne va bien. Il fait doux. Les hirondelles sont là, elles ont fait leurs nids sous le rebord du toit de la grange.

3 mai

J'ai mis au point un système pour ne pas perdre mon heure de marche entre la maison et l'école : je me suis fabriqué, avec l'aide de Julien qui a toujours plein d'idées, un cartable qui se déplie et que je porte devant moi suspendu à mon cou comme un pupitre. Dessus, je peux poser mes livres et, comme ça, j'étudie en marchant !

5 mai

Alette a vu une fouine qui lui a filé presque entre les jambes. Elle a eu si peur qu'elle a porté sa main à sa joue. Et maintenant sa mère craint que le bébé ne naisse avec une tache sur la joue ! Pauvre Alette, elle est tout inquiète ! Je ne sais pas trop comment la rassurer parce qu'ici, tout le monde croit que les peurs des femmes enceintes, on les retrouve sur les bébés. Maman dit que ce sont des bêtises, mais elle est de la ville, ce n'est pas pareil. Et moi, vraiment je ne sais pas.

10 mai

Demain, on processionne pour les rogations. C'est la première année qu'Alette ne processionnera pas avec moi.

16 mai

Antoine, le fils de l'épicière, est « mort au champ d'honneur ». Le champ de l'horreur, oui !

20 mai

Six heures et demie du matin. Je viens de mener les vaches aux champs. Le soleil se lève sur la gelée blanche. Il va faire beau. Je suis tout heureuse, ce matin. J'entends la carriole de l'oncle. Je pars à l'école. À tout à l'heure !

28 mai

En ce moment, ça frappe de partout dans les bois : ce sont les écorceurs avec leurs maillets qui tapent les chênes. Il y a forcément moins de bûcherons que d'habitude depuis la guerre mais, comme ils viennent de plusieurs communes, on entend tout de même bien taper dans les bois communaux. De chez nous, en ce moment, il y a l'Émile, le père de Vincent Mairetet, le cafetier. Émile est trop vieux pour être à la guerre et il ne se plaît que dans les bois, il dit toujours qu'il préfère la compagnie des arbres à celle des gens. Et puis, il y a son petit-fils Jean qui a l'âge de Julien. Jean Mairetet, il est comme son grand-père, il n'aime que les bois, il a passé tous ses hivers au bois avec son grand-père depuis ses sept ans. Les écorceurs tapent tout autour de l'arbre, et puis ils scient les morceaux et ils les décollent avant d'en faire des bottes. C'est l'oncle Pierre qui amène les bottes deux fois la semaine aux tanneries de Champeaux. J'aime entendre ce bruit des troncs qu'on tape. Ça veut dire que l'été est presque là.

30 mai 1917

Ça y est ! Lucien va venir. Chic ! C'est mon filleul de guerre ! Avec maman, ce matin, on lui a préparé la chambre d'Eugène. En tirant le lit, on a retrouvé un canif d'Eugène, et maman a pleuré.

8 juin 1917

Lucien est arrivé hier. Grand-père est allé avec oncle Pierre le chercher au train. On a ri parce que, quand il est arrivé, il est allé tout droit embrasser maman en lui disant « Bonjour marraine ! » Moi, il ne me regardait même pas ! Je lui ai dit : « C'est moi votre marraine ! » Il est devenu tout rouge parce que c'est vrai que je n'ai pas l'air très vieille, mais quand même ! Après, les hommes l'ont emmené boire l'apéritif au café, pendant qu'on faisait le déjeuner. Quand ils sont revenus, ils parlaient fort, et grand-père était grave : c'est vrai ce qu'on avait entendu dire. Il y a eu des mutineries au front. Ce sont des soldats qui ont refusé d'aller se battre, de « monter en ligne », comme dit Lucien. Il y a des soldats qui ont été passés en conseil de guerre et exécutés. Que c'est terrible ! Lucien dit que les soldats en ont marre. Il y en a qui crient « vive la paix »… Et partout, ça se révolte. Le train de Lucien s'est arrêté à

Troyes et il y avait des permissionnaires ivres qui insultaient les officiers chargés du trafic en les traitant « d'embusqués ». Ça veut dire des types qui se cachent pour ne pas aller se battre. Il paraît qu'il y en a beaucoup dans les villes. Chez nous, à la campagne, ce n'est pas possible, tout se sait dans un village.

10 juin

Lucien est très gentil, très gai, il fait rire tout le monde. Il est un peu moins grand que Paul mais plus costaud et il a les yeux très vifs et surtout très noirs alors que, chez nous, tout le monde a les yeux bleus. Maman dit qu'il a le type du Sud. Elle l'apprécie beaucoup parce qu'il est très serviable, il propose tout le temps d'aider. J'espère qu'il nous aime bien, lui aussi.

12 juin

Il n'aime pas le lard salé. Chez eux, on ne le fait pas de la même manière qu'ici, on le fume.

Il s'appelle Lucien Pestola et maman avait raison, son grand-père était espagnol.

13 juin

J'aurais bien aimé avoir une semaine de vacances maintenant, pendant que Lucien est là ! Mais au contraire, j'ai énormément de travail à l'école et beaucoup de devoirs à faire en rentrant. Comme il y a aussi beaucoup à faire à la maison, au potager et aux champs, je n'ai pas bien le temps de parler avec mon filleul. Ça m'attriste fort.

14 juin

Il a encore ses deux parents, deux sœurs qui sont déjà mariées et qui ont des enfants, et une plus jeune qui a exactement mon âge et qui s'appelle Victorine. Ils font surtout l'élevage de moutons et lui, Lucien, quand il n'y avait pas la guerre, il passait ses étés dans les pâturages de haute montagne, dans une cabane d'été qu'ils appellent « l'olha ». Il paraît que c'est très gai, l'été là-haut, les bergers font des fêtes entre eux. Il dit que les femmes n'y viennent presque jamais mais que peut-être, après la guerre, il me montrera là-haut. Il dit que c'est le plus beau pays du monde. Après la guerre… on n'ose même plus y penser !

15 juin

Paul et Lucien ont l'air de bien s'entendre. Ils vont tous les jours prendre l'apéritif du soir au café chez Vincent. Ça me fait plaisir.

Samedi 17 juin 1917

Lucien fait les foins avec nous. Il a l'habitude mais, dans son pays, c'est plus tard parce que c'est en altitude, l'Ariège. Tout le monde est gai, le foin ça monte à la tête. Moi, j'ai la gorge serrée. Lucien repart demain.

Dimanche 18 juin 1917

Lucien est parti ce matin. Je suis triste comme un hiver, je n'arrive à rien faire. Je ne sais pas si je le reverrai. On dit qu'il y a de grandes offensives qui se préparent. Envie de rien. Je laisse ce méchant journal.

Mercredi 21 juin

Alette est bien grosse. Elle me parle plus souvent maintenant, elle est sûre qu'elle aura un fils. Étienne lui écrit quand il peut, Alette vit suspendue à ses lettres et, quand elles n'arrivent pas, elle retombe dans son désespoir. Lui aussi, il pense que c'est un garçon. Ils veulent l'appeler Aimé, comme le père d'Alette qui est mort. Étienne dit qu'il sera là pour la naissance du petit, en août, vers l'Assomption. Il dit qu'il désertera s'il le faut, Alette ça la fait sourire, ce mot d'Étienne. Par moments, on sent qu'elle croit à leur bonheur à tous les trois. Et puis l'instant d'après, un nuage passe sur son visage, elle ne croit plus à rien. Elle se renferme dans son silence.

22 juin

J'ai fait un rêve affreux à propos du bébé d'Alette. Je ne veux rien en dire, même pas à ce journal. Chère Alette, que Dieu te protège !

24 juin 1917

C'est la Saint-Jean.

Nous avons reçu une lettre de Berthe. En ville tout manque et surtout la nourriture. Elle a peur pour son petit Émilien qui a sept ans et qui est très fragile, parce qu'à Dijon, il y a eu des cas de tuberculose. Berthe demande si Émilien pourrait venir chez nous à Crécy, pour se refaire la santé pendant les vacances.

25 juin 1917

C'est décidé. J'irai chercher Émilien à Dijon à la fin de l'école. J'en profiterai pour porter des cochonnailles à Berthe. Pas de nouvelles de Lucien. On a fini les foins.

13 juillet 1917

Mon cher journal, je t'annonce une carte de Lucien. Tu ne le diras à personne ! Contente, contente, contente ! Je pars demain matin pour Dijon.

15 juillet 1917

Je viens d'arriver à Dijon. Une demi-journée de voyage pour faire cinquante kilomètres ! Le tramway s'arrête très longtemps à chaque gare pour laisser passer les trains de permissionnaires qui ont la priorité. Et puis les gens sont vraiment nerveux. À Is-sur-Tille, j'ai vu un « poilu » qui s'en prenait à un civil. Il lui criait : « Alors, à l'arrière, c'est la belle vie, hein !

On se la coule douce, espèce de sale embusqué ! »
Les soldats n'en peuvent plus, de cette guerre. Les
civils non plus. Moi non plus ! En plus, je suis des-
cendue à la gare de Porte Neuve. C'est bête, je n'ai
pas osé aller jusqu'à Dijon-Ville, j'avais peur de me
retrouver d'un coup en pleine ville, alors j'ai marché,
marché, en demandant mon chemin au moins cinq
ou six fois, comme une gourde. J'étais complètement
perdue, alors que chez nous, dans les champs ou en
forêt, je sais toujours dans quelle direction se trouve

le village. Finalement, je me suis retrouvée au square d'Arcy, j'avais tellement mal aux pieds que je me suis assise sur un banc. Je ne pouvais plus continuer à marcher. Mes chaussures de ville me faisaient mal, je ne les ai portées qu'une seule fois avant, c'était pour le mariage d'Alette. J'ai enlevé mes chaussures, je me disais : « Ce n'est pas possible, je ne vais tout de même pas y aller nu-pieds », et puis j'ai demandé mon chemin une dernière fois et c'était là. J'étais rendue ! Berthe était chez elle. Sur le coup, ça m'a étonnée parce que dans sa lettre elle disait qu'elle rentrait de l'usine à 7 heures et demie et que je l'attende chez la voisine. Mais son usine est en grève, alors elle reste à la maison pour s'occuper d'Émilien. Qu'il est pâlot, le gamin ! Il m'a tendu sa petite joue creuse, ça fait mal à voir.

Bon, je tombe de sommeil. Berthe m'a laissé son lit, elle dort avec les enfants à côté. Je vais me coucher. Bonsoir !

16 juillet
Je n'ai pas très bien dormi, Dieu que c'est bruyant la ville ! Mais aussi, j'avais le cafard. Comment peut-on vivre ici ? Leur logement est si sombre et triste, et sans air ! C'est au fond d'une impasse avec des gros pavés, au troisième étage, et il n'y a pas de soleil et même pas un bout de ciel.

Berthe m'a fait un « café » avec de la chicorée. On ne trouve plus de café, à la ville, plus de sucre non plus. On a déplié mes affaires et sorti de mes valises ce que j'ai apporté : des œufs, du beurre, deux poulets et puis du lard et un jambon. Berthe était toute contente. Mais elle n'a pas l'air en bonne santé non plus. On a un peu bavardé. Berthe dit qu'on manque de tout ici, et encore, maintenant, il y a des légumes, mais ils ont très peur pour l'hiver prochain… Si ça continue, il n'y aura plus rien du tout et surtout plus de charbon pour se chauffer. Nous encore, on a du bois.

Mercredi 17 juillet 1917

Ce matin, nous avons fait une heure de queue pour avoir du pain, et c'est un pain plein de son, de paille, de farine de maïs, lourd comme une pierre, mais pas lourd de blé. En plus, il est rationné, depuis le 1er juin, on n'a droit qu'à 300 grammes par jour, et 200 grammes pour les enfants et les vieux ! Pareil pour le sucre : 500 grammes par personne et par mois. Et pareil pour la viande : les boucheries sont obligées de fermer le lundi et le mardi. C'est ça, le rationnement. Ce qui est drôle, c'est la pâtisserie. On leur a interdit de fabriquer des gâteaux pour ne pas gâcher la farine de blé qui sert au pain. Eh bien elles font des meringues !

18 juillet

J'ai parlé avec Berthe hier soir après souper. Il paraît qu'il y a des grèves dans toute la France. Dans son usine, les ouvriers réclament une « prime de cherté de vie » de deux francs par jour. Et maintenant, même les loyers augmentent. Pourtant, au début de la guerre, le gouvernement avait permis aux gens de ne plus payer leur loyer. C'est bien fini, ce temps-là !

Tout le monde en a assez de la guerre. La vie devient de plus en plus dure et les gens sont démoralisés. C'est vrai, cela fait trois ans. Personne n'a gagné, personne n'a perdu, tout le monde souffre. On ne sait plus à quoi elle sert, cette guerre.

19 juillet 1917

Ici en ville, les gens se débrouillent comme ils peuvent pour avoir un petit peu d'argent. C'est le système D. On vend quelque chose à tous les coins de rue. Au bout du passage, il y a un garçon qui vend des petits drapeaux français qu'il fabrique lui-même et, place Saint-Sébastien, il y en a un autre qui vend des « escargots de Bourgogne ». Mais ce sont des escargots truqués, c'est Berthe qui me l'a dit ! Des grosses coquilles remplies avec les petits gris qu'on trouve partout quand il pleut ! Les gens s'y laissent prendre et son commerce ne marche pas mal du tout ! Il y a même des gens qui vendent les orties ramassées sur les terrains vagues pour faire la soupe.

20 juillet 1917

Midi à la gare de Dijon-Ville. J'écris sur mes genoux. Adieu Dijon ! Je t'aimais bien, mais j'étouffe ici. Bien contente de repartir. Émilien s'amuse à compter les trains. Voilà le nôtre.

8 août, midi

Alette a eu les premières douleurs cette nuit. Mais ça ne se passe pas bien. Elle crie, elle crie et rien n'arrive. Tout à l'heure, sa mère est venue chercher maman. Personne n'arrive à la décider à soulever ses couvertures, même pas la Marcelline qui est avec elle, la femme-qui-aide aux bébés chez nous. Elle ne veut rien entendre, elle ne fait que crier : « Non, non, laissez-moi ! Je ne veux pas ! ». Et elle s'accroche à sa couverture en se tordant de douleur.

4 heures

Maman vient de revenir. Elle dit qu'Alette a « fait ses eaux » mais que le bébé n'est pas sorti. On a attelé pour chercher le médecin de Sombernon.

8 heures du soir

Le médecin n'est toujours pas là. J'ai voulu aller près d'elle mais on ne m'a pas laissé entrer. C'est affreux. Alette hurle sans arrêt. Elle appelle Étienne. Mon Dieu, protégez-la, protégez-la !

9 août

On a transporté Alette d'urgence à l'hôpital de Dijon au petit jour, dans la carriole d'oncle Pierre. Le médecin a fait le voyage avec elle, sa mère et maman. On n'a pas de nouvelles, maman n'est pas encore revenue.

10 août

Alette est entre la vie et la mort. Quand elle est arrivée, on lui a fait une césarienne mais le bébé était déjà mort dans son ventre. Quel malheur ! Je le sentais, tout ce malheur ! Et maintenant, Alette fait de la fièvre. Maman dit qu'elle a le délire et qu'elle appelle Étienne.

J'irai la voir demain.

11 août

On ne m'a pas laissé voir Alette. J'ai mis un cierge à Notre-Dame.

15 août

Alette est morte hier soir.

16 août

Elle s'est éteinte à l'hôpital sans avoir cessé de délirer. Elle appelait toujours son Étienne. Oh, ma petite Alette ! Ma compagne, ma camarade, on s'est connu toutes petites, on a tout appris ensemble, tout. Tu te rappelles quand on gardait les vaches,

qu'on riait, qu'on se faisait des couronnes de pâque-
rettes, tu te rappelles quand on traînait aux champs
à ramasser des champignons et qu'on avait peur de
rencontrer la Mère aux Vents, tu m'assurais qu'elle
existait, tu l'avais vue un soir courir à la lisière du
bois ! Mon Alette, tu me faisais rager, tu te rappelles,
moi je croyais tout, tu te rappelles un jour on était
sous la grange à dégermer les pommes de terre, tu
m'as raconté que dans la fontaine à Girarde il y avait
le Tire-Bigueu qui tirait au fond de l'eau les enfants
qui n'avaient pas été sages. J'en ai fait des cauchemars à cause de toi ! Mon Alette, et moi je te lisais
des histoires parce que la lecture, tu n'aimais pas
trop, mais les histoires, oui. Je croyais te connaître de
tout mon cœur et un jour j'ai compris que je ne te
connaissais pas. Et maintenant tu es partie ! J'ai mal,
si mal.

16 août

On a ramené Alette dans son cercueil avec la carriole d'oncle Pierre. Journée atroce. On l'a enterrée
sous un grand soleil. Sa mère est comme folle.

17 août

Maman me donne une lettre destinée à Alette.
Elle est arrivée ce matin. Sa mère n'est pas en état de
l'ouvrir. C'est une lettre d'Étienne. Il écrit : « Ma très
chère Alette, je suis blessé, mais ce n'est pas grave. Dès
que je serai sur pied, je viendrai. Je suis si impatient

de vous voir, toi et notre petit qui a dû naître ! Alors, est-ce bien un fils ? Es-tu bien heureuse ? »

Je n'ai pas la force de continuer.

20 *août*
Messe pour Alette. Tout le monde est en larmes.

22 *août*
Rien. J'ai passé toute la journée dans ma chambre.

25 *août*
Envie de rien. Il fait beau. Je n'ai pas envie de voir le soleil.

26 *août*
Maman me dit de me secouer. Il faut couper l'herbe aux lapins, aider Julien à rentrer la moisson, ramasser les haricots au jardin, accompagner demain oncle Pierre au marché pour vendre les haricots et les tomates. Je le ferai, oui, je vais le faire. M'accrocher à la vie puisqu'elle continue.

29 *août*
Étienne est arrivé hier soir. Il a frappé chez la mère d'Alette, il était déjà tout alarmé de n'avoir trouvé personne dans la petite maison qu'ils avaient commencé à habiter ensemble. Quand la porte s'est ouverte, il a tout de suite compris. La mère d'Alette,

elle a vieilli de dix ans. Il s'est effondré sur le banc en pleurant. Ce matin, elle lui a dit : « Vous voulez la clef de chez vous ? » Il a répondu : « À quoi bon ! Sans elle, je ne veux pas y retourner. D'ailleurs, je ne reviendrai plus ici ! » Et il est reparti pour le front.

20 septembre
L'école reprend dans dix jours. J'ai hâte d'y retourner. On a mis tous les légumes en bocaux pour l'hiver, en ce moment, on ramasse pommes et poires. La vigne mûrit bien. Je ne serai pas là pour la vendange.

24 septembre
17 ans aujourd'hui. Et trois années de guerre.

26 septembre
Jean Mairetet nous apporte un plein panier de girolles.

30 septembre
Une carte de Lucien. Il arrive bientôt, courant octobre !

1er octobre
Rentrée des classes. Je suis bien contente. À la fin de cette année, je passe mon brevet. Ensuite, plus que deux ans et c'est le brevet supérieur qui me

permettra de rentrer à l'école normale d'instituteurs. J'ai retrouvé mes camarades de l'an passé. Personne n'a de bonnes nouvelles à se donner de cet été passé sans se voir. Chacun a son deuil, son coin de souffrance.

6 octobre

On apprend la mort d'Étienne. C'est par un camarade de feu, un gars de Sombernon qui connaissait son frère Justin. Il est venu lui-même l'annoncer à Justin. Il paraît qu'Étienne a tout fait pour se faire tuer. Il était comme un fou. Chaque fois qu'on demandait des volontaires pour monter au front sous la mitraille, il en était. À force de s'exposer, il a eu ce qu'il cherchait, ses compagnons de tranchée l'ont vu exploser sous un obus, le corps déchiqueté.

Étienne et Alette. Tout a été si vite ! Alette et Étienne, unis jusque dans la mort, unis pour toujours dans mon cœur. Et dire que c'était un vrai mariage d'amour ! J'ai pleuré ce soir en apprenant cette nouvelle et, en même temps, c'était presque un soulagement. Cela devait être ainsi, c'était dans l'ordre des choses. Non, j'ai pleuré parce que cette mort a brusquement fait revivre très fortement Alette, j'ai pleuré comme si j'étais elle, elle qui avait perdu son Étienne, comme si je vivais sa souffrance.

112

14 octobre

Lucien est arrivé ce matin. Je revenais de l'école, à pied comme toujours, je vois sur la route une silhouette qui marche dans ma direction. Je ne fais pas attention et puis, d'un coup, on a été nez à nez, c'était lui ! J'étais tellement surprise que j'ai laissé tomber mon cartable. Et lui, il riait, il avait l'air vraiment content de me voir ! Il m'a embrassée sur les deux joues et moi j'ai rougi comme une tomate ! Il était déjà passé à la maison et il venait à ma rencontre.

15 octobre

Il a une permission d'une semaine. Paul aussi est bien content de retrouver son camarade. Et Julien l'a aussitôt embauché pour les vendanges. Mais il fait cela de si bon cœur ! Il a vraiment l'air content de nous aider.

17 octobre

Je déteste cette manière que j'ai de rougir pour un rien ! Il suffit que je sois un tout petit peu émue, ou simplement contente, ou qu'on me regarde, et je me mets à rougir. C'est une vraie torture, ça commence par des picotements dans le cou, je ne peux rien faire. Et c'est encore pire quand on me le dit. Évidemment, mon vilain frère Julien ne se prive pas de me taquiner, et devant Lucien encore ! Ce matin, j'en aurais pleuré. Au lever, quand maman m'a demandé si j'avais bien dormi, Lucien a dit : « Oh, mais ça se voit, elle est toute fraîche ! » Et Julien a claironné : « Attention, Adèle va rougir ! » J'aurais voulu rentrer sous la terre, tellement je me sentais rouge et ridicule.

19 octobre

Depuis qu'il est là, on a l'impression que la joie est revenue, non seulement à la maison mais même au village, en tout cas chez ceux qui vendangent avec nous. Je me dépêche de revenir de l'école pour aider ceux qui sont dans les sillons et, quand j'arrive, je les entends rire depuis la croix du Verger, ça me fait chaud au cœur.

20 octobre

Ce qui le chagrine, c'est qu'il n'a pas eu de nouvelles de ses parents depuis le mois de juillet. Ses parents ne savent pas écrire et c'est une voisine qui fait habituellement les lettres. Mais là, rien de la voisine. Son père est âgé et malade et c'est vraiment trop loin pour pousser ses permissions jusque là-bas. Tristesse : il repart après-demain.

21 octobre

Hier, il s'est passé quelque chose. J'ai attrapé un regard de Lucien, un regard vraiment particulier. Essayons d'être honnête : j'en suis toute remuée. Comme jusque-là il était toujours un peu brusque avec moi, je pensais que je l'agaçais, qu'il avait une fiancée dans son pays et qu'il craignais que je ne « m'intéresse » à lui. Je dis tout de suite que ce n'est pas le cas, je sens seulement qu'il pourrait y avoir entre nous une grande, profonde et durable amitié. Et j'ai bien besoin d'une amitié comme cela. Mais je ne suis pas amoureuse, je crois que l'amour ce n'est pas cela. Pourtant, cette nouvelle manière qu'il a de me regarder, à la dérobée ou, au contraire, longuement, m'émeut terriblement. Et, malheureusement, me fait horriblement rougir. Mais je crois qu'il ne s'en aperçoit pas. Bon, encore une fois, cher journal, je ne sais plus où j'en suis… À demain !

22 octobre

Lucien est parti tout à l'heure, en fin d'après-midi. Juste avant, dans la grange, pour la première fois, nous avons parlé de nous. Plutôt, il m'a parlé de lui. Plus tard, il ne veut pas faire le paysan. C'est tout comme Paul, c'est pour ça qu'ils s'entendent si bien. Il voudrait s'installer en ville et ouvrir un commerce. Moi, je lui ai dit que je voulais être institutrice et il m'a dit que j'avais toutes les qualités pour cela et qu'il m'admirait. J'étais toute contente et surprise. Après il est parti très vite en me disant qu'il nous donnerait bientôt de ses nouvelles. Moi, ce soir, je suis triste et je n'ai pas envie de descendre souper avec tout le monde. Mais je vais me forcer…

3 novembre

On apprend qu'un gars de Fay-le-Vieux a déserté, Marcellin Pan, le cousin de Vincent Mairetet, le cafetier. Il paraît que ça s'est passé il y a un mois et qu'il se cache par chez nous, quelque part dans les bois. À la fin de sa permission, il est bien parti de chez lui mais il n'a pas regagné son régiment. Ici, tout le monde en parle, il y a les « pour » et les « contre ». Moi, je ne peux pas m'empêcher de le comprendre, ce pauvre gars. Même Paul m'a dit : « Je n'ai pas le droit de penser ça, mais il a eu raison de fiche le camp. Tout ce que je lui souhaite, c'est que les gendarmes ne le retrouvent pas. »

11 novembre

Jour de la Saint-Martin. Dimanche. Ce matin, je regarde longuement la photographie d'Alette et Étienne prise le jour de leur mariage. Étienne était grave et heureux, Alette rayonnante, plus belle que jamais avec ses cheveux fous qui s'échappent du chignon. Mon Dieu, qu'elle était belle !

J'ai aussi regardé la photographie d'Eugène le jour de sa première communion. Il a son air rêveur, l'air qu'il a toujours eu et je me suis demandé s'il l'avait encore là-bas, s'il l'a eu jusqu'au bout, cet air-là, de venir du ciel. Et papa, papa qui n'a jamais voulu être pris en photo, même au 14 juillet, quand le photographe est passé l'année d'avant la guerre. Alors il regarde par terre ! Je pense tous les jours à vous.

Parfois je pleure et parfois je ne pleure pas. Vous êtes là avec moi, chéris, dans un coin lumineux de mon cœur.

22 novembre
Marcellin Pan court toujours. Les gendarmes sont sur les dents. Toutes les maisons du village ont été perquisitionnées et les bois alentour ratissés.

2 décembre
Il gèle. Pour Marcellin, je me demande ce que penserait Lucien.

1918

Lundi 1er janvier 1918
Elle arrive, la nouvelle année, l'année 1918.

La cinquième année de la guerre ! Au moment de présenter leurs vœux du nouvel an, presque tous les gens se sont souhaité la fin de la guerre et un lendemain meilleur. Ces vœux seront-ils exaucés ? Mon Dieu, se réaliseront-ils un jour ?

Vendredi 11 janvier
Il neige depuis avant-hier et il fait un froid de loup. Dans la cour, la fontaine est gelée et le long de notre chemin, les congères sont plus hautes que moi. Dehors, tout est couvert de neige, les vignes, les

champs, les toits, la route et il n'y a rien à faire qu'à attendre le dégel. J'ai eu une lettre de Lucien. Elle était écrite sur le papier qui entoure les cartouches ! Il pense que la guerre va finir cette année. Dieu l'entende. En fait, beaucoup de gens le disent et il faut le dire bien haut parce que, souvent, quand on dit les choses, eh bien, elles arrivent ! Mais Lucien ne sait pas quand il aura une permission et cela me rend triste. Je prie tous les jours pour qu'il reste vivant et en bonne santé. Du côté de la guerre on a bien peur que les Russes nous lâchent parce qu'ils ont fait une révolution et qu'ils ont beaucoup à faire dans leur pays.

Que dire encore ? Ah oui, quelque chose d'assez drôle : il n'y a plus de cuir pour brider les sabots depuis le temps que les artisans sont partis à la guerre. Et maintenant qu'on n'a plus de lanières, tout le monde perd ses sabots.

23 janvier
Il fait affreusement froid. Quand je reviens de l'école, mes mains et mes pieds sont si gourds que je ne les sens plus. Je me colle contre la cuisinière et, quand le sang revient dans mes membres gelés, j'ai mal à en crier.

Jeudi 25 janvier
Il a encore neigé toute la journée. J'ai passé l'après-midi au chaud dans l'étable avec Louise et maman

à tricoter des chaussettes pour Lucien (mais oui, j'ai appris !).

8 février
On apprend l'arrestation de Marcellin Pan, dans les montagnes, près de Briançon. Il essayait de passer en Italie avec des bergers. Grand-père dit qu'ils vont sûrement le fusiller.

9 février
Fin de ce cahier. J'en commence un nouveau. C'est le sixième depuis le début de ce journal. Tous les autres sont bien sagement rangés au fond de mon tiroir. Je ne les ouvrirai pas avant d'être fiancée. Et, comme ce n'est pas pour demain…

19 février
Une lettre de Lucien. Ou plutôt une carte adressée à la famille Hervé dans laquelle il dit qu'il pense « affectueusement à toute la famille ». Rien de spécial pour moi. Un peu déçue… Enfin, il va bien, c'est le principal.

14 mars 1918
Les Russes nous ont lâchés ! Ils ont signé un traité de paix avec les Allemands. Et maintenant, les Allemands vont pouvoir tranquillement retirer leurs soldats de là-bas pour les amener chez nous ! On est de nouveau inquiets. Il paraît qu'ils ont bombardé Paris.

C'est un énorme canon qu'on appelle « la grosse Bertha » et moi, je n'ai pas de lettre de Lucien depuis le 19 février !

16 mars
Rien. Envie de rien. J'ai un rocher sur le cœur.

20 mars
Il fait de grandes journées venteuses et pas de pluie, ça dessèche la terre, ce n'est pas bon et ça énerve les bêtes. C'est le signe qu'on va avoir une lune de mars bien glacée et on en aura comme ça pour jusqu'à la semaine sainte.

27 mars
Pleine lune. Et une lettre de Lucien qui dit qu'il va venir à la fin mars ! Sa lettre est datée du 1er mais le courrier marche mal. Fin mars, c'est maintenant !

1er avril
Lucien est arrivé hier soir. Tout heureux de nous voir. Il a rangé de lui-même son gros paletot dans l'armoire et son paquetage dans le coffre. Comme s'il était chez lui. On a ri avec grand-père et lui aussi ! Il a dit : « Voilà, je suis dans ma deuxième famille ! » On a sorti le jambon et grand-père a tué un lapin.

2 avril

Il pleut, une pluie fine et glacée. Oncle Pierre m'a conduite à l'école ce matin en carriole bâchée mais il a bien fallu revenir à pied. Tout à l'heure je suis arrivée plus trempée que si j'étais tombée dans la rivière, j'ai dû changer tous mes vêtements et les mettre à sécher devant la cuisinière. Puis je suis allée à la grange où Lucien aide Julien à lier les bottes de paille. Et Lucien m'a dit que j'étais encore plus jolie que d'habitude avec mes cheveux mouillés. J'ai rougi comme tout, bien sûr. C'est la première fois qu'on me dit que je suis jolie. Eh bien, figure-toi, cher journal, aussi curieux que cela te paraisse (et à moi aussi), ça m'a fait bien plaisir !

3 avril

Chaque fois que je vais dans la grange, c'est pour voir Lucien. C'est plus fort que moi...

Cher journal, ne te méprends pas, je te l'ai déjà dit, je ne suis pas amoureuse. Mais enfin, j'ai l'impression que ma vie a un sens, que j'ai un vrai ami et c'est bien agréable. Ce qui m'embête, c'est que maman n'arrête pas de me surveiller. Elle me regarde d'un air bizarre et elle me demande tout le temps où je vais. C'est vraiment énervant !

Jeudi 4 avril

Cet après-midi, il s'est passé une drôle de chose. Je monte dans ma chambre pour écrire dans mon journal (je voulais juste noter ce fait curieux : mon chat qui est d'habitude très sauvage suit Lucien comme un petit chien !). Et, au lieu de me mettre à écrire, j'éclate en sanglots. Je n'en pouvais plus, ma tête explosait. Je ne sais vraiment pas ce qui m'arrivait, mes larmes coulaient, coulaient sur mon journal. J'aurais tant voulu qu'il entre à ce moment, je n'aurais rien eu besoin d'expliquer. Il aurait compris, lui, je le sais. Après ça allait mieux. Je me suis arrangé la figure et j'ai été dans la grange chercher une tresse d'ail. Il n'y était pas. De nouveau, mes larmes se sont mises à couler ! Je suis remontée dans ma chambre, et me voilà. Oh, si seulement, je pouvais me confier à lui, comme s'il était mon grand frère, comme je l'aurais fait avec Eugène ! Lucien, si je pouvais te parler maintenant, très simplement, sans rougir !

5 avril
Hier, j'étais en larmes. Ce matin, je me suis réveillée avec la joie au cœur. Le temps s'est remis au beau et, de ma fenêtre, je regarde le ciel bleu tout lavé, le gros ormeau de la cour où commencent à pousser de petites feuilles fraîches et les vols de corneilles sur les champs. Et puis je suis allée à la grange. Quand je suis arrivée près de Lucien, il s'est arrêté de travailler. Il avait la tête appuyée contre la grosse poutre et il ne disait rien. Ensemble nous respirions l'air frais et, entre nous, il y avait quelque chose qu'il ne fallait pas interrompre avec des mots.

Longtemps nous sommes restés à regarder le ciel et, lorsqu'il s'est levé pour aller couper du bois, j'ai eu l'impression de sortir d'un rêve.

6 *avril*

Je pense tout le temps à Eugène. C'est comme si Lucien m'aidait à le faire revivre dans mon cœur. Il repart demain. C'est si court, ces permissions !

15 *avril*

J'ai peur, disons le mot, j'ai peur de m'être trompée sur moi-même. En fait, j'ai bien peur d'être amoureuse. Ce qui est bizarre, c'est que je ressens à la fois une peur au ventre et une joie au cœur. Au fond, je ne sais pas de quoi j'ai peur : de perdre ma liberté ou bien qu'il ne m'aime pas, lui ? Oh, comme j'aurais aimé pouvoir parler à Eugène en ce moment ! Paul, ce n'est pas possible, on ne se dit pas ces choses-là entre nous.

1er mai
Zut, je ne peux pas écrire. Toutes mes plumes sont cassées !

8 mai
Ce matin, morale et instruction civique. Cela m'ennuie un peu. Cet après-midi, orthographe, dictée. J'aime et j'ai toujours les meilleures notes. En sortant, acheté des plumes et de l'encre pour mon journal. Dans un mois et demi, je passe le brevet.

27 mai
Grande lessive aujourd'hui. En étendant mon linge sur les buissons, bien blanc, bien propre, je me sens tout heureuse, je ne sais pas pourquoi.

4 juin
Depuis quinze jours, le samedi, Mlle Combe me fait répéter mes leçons parce que le brevet, c'est à la fin du mois !

30 juin

Je suis reçue ! J'ai été avec Mlle Combe voir les résultats qui étaient affichés à la mairie de Sombernon. Mademoiselle avait beau me rassurer sur la route, plus on s'approchait, plus mon cœur bondissait dans ma poitrine. Enfin, ça y est ! Sur le chemin du retour, Mlle Combe m'a dit : « Ce n'est pas la fin, c'est le début, Adèle. » Le concours d'entrée à l'école normale d'instituteurs de Dijon a lieu en septembre.

2 juillet

Maman voudrait que je reste encore un an à la maison. Elle voudrait que je ne parte pas avant que la guerre soit finie. On en a parlé hier soir avec Mlle Combe et grand-père. C'est d'accord, je passerai le concours à la rentrée de 1919. Je ne suis pas trop triste parce que c'est vrai, je ne me vois pas trop rentrer pensionnaire dans deux mois. Et puis il y a Lucien.

Vendredi 21 juillet

Je viens de relire les pages de mon journal de cet hiver et je trouve que c'est bien d'avoir tous ces souvenirs couchés là. Je vais me remettre à écrire. Surtout qu'il s'est passé beaucoup de choses depuis quelque temps, des choses que je voudrais garder pour toujours. Il y a quinze jours, nous avons appris que Lucien avait été gazé dans les tranchées. Il a été conduit dans un hôpital militaire à Troyes et puis évacué sur Dijon.

Je suis allée lui rendre visite hier avec Louise. J'étais terriblement émue parce que nous ne nous sommes pas vus depuis sa dernière permission de Pâques.

Lucien est dans une immense salle avec des rangées de lits, au moins cinquante, rien que des blessés de guerre. Il y a beaucoup de gazés comme lui. Beaucoup sont atrocement brûlés, mais beaucoup d'autres sont morts à cause de ces horribles gaz. Lucien n'est pas trop gravement blessé, mais les docteurs disent qu'il ne pourra peut-être plus respirer la poussière des foins parce que ses poumons ont été brûlés. Cette salle où il est, ça pourrait être sinistre et triste et ça ne l'est pas trop parce que les infirmières sont gentilles et gaies. Ce sont presque toutes des volontaires, et on les appelle les « Dames blanches ». Les poilus sont vraiment leurs « grands enfants » ! Il faut voir comme elles les chouchoutent.

Samedi 22 juillet

Joie, joie immense. Lucien m'a demandé si je voulais bien l'épouser.

Dimanche 23 juillet

En même temps je m'y attendais. Tout allait vers cela, c'était au bord de nos lèvres et au bord de nos cœurs depuis six mois. Et pourtant, cela a été une telle surprise, il l'a demandé au moment où je m'y attendais le moins. J'étais en train d'arranger ses oreillers, il a tourné la tête vers moi et a posé sa question avec son ton de tous les jours. Seul son sourire était particulier. J'étais penchée sur lui, je me suis relevée, j'ai rougi comme une folle et puis j'ai regardé partout autour de moi, comme une idiote, comme si je cherchais la sortie ! Et puis j'ai dit : « Mais… oui, Lucien ! » Et il m'a prise dans ses bras.

Mercredi 26 juillet 1918

Aujourd'hui, mercredi 26, à 14 heures, dans la salle n° 22 de l'hôpital de Dijon, Côte-d'Or, Lucien Pestola et Adèle Hervé se sont fiancés, en présence d'Adrienne, infirmière, témoin, et de Louise, amie, témoin.

Jeudi 27 juillet

J'ai attendu ce matin pour annoncer la nouvelle à la maison. Je voulais la garder au chaud tout contre mon cœur, comme une boule de joie tout à moi, juste un petit peu, juste dormir une nuit avec mon immense secret. En fait, je n'ai pas dormi du tout ! J'avais tellement hâte de tout dire, j'avais envie de le crier, en plein milieu de la nuit, dans la maison silencieuse. Et, ce matin, je suis arrivée bien calme, comme si de rien n'était. J'ai attendu que tout le monde soit là, même grand-père. Maman m'a demandé comment allait Lucien. J'ai dit : « Très bien, il s'est fiancé hier ».

Il y a eu un très court silence que je n'ai pas pu faire durer, j'ai ajouté très vite : « Avec moi ! » Julien a applaudi, maman m'a prise dans ses bras. Paul m'a dit : « Tu ne pouvais pas me faire plus plaisir ! »

Samedi 29 juillet

On se mariera dès que la guerre sera finie. Et tout le monde dit que c'est pour bientôt.

Tout à l'heure, en sortant de l'hôpital, il y avait une grande foule dans la rue. C'était pour fêter une division de soldats américains qui traversait Dijon. Tout le monde les embrassait, les femmes surtout. Juste devant moi, une femme a sauté au cou d'un grand Américain blond, et elle lui a dit : « Vous êtes notre sauveur ! » Moi, ça me fait un peu mal, parce que les poilus français se battent depuis quatre ans pour sauver le pays. Seulement, eux, ils ne sont pas grands, beaux, gais, blonds, avec des beaux costumes propres. Ils sont sales, blessés, mutilés à vie, épuisés et désespérés.

Dimanche 3 août

Quand même, les Américains sont très gentils ! Il y en a quatre qui logent à l'auberge du Coq d'Or à Sombernon. Ils aiment danser.

Ils ne parlent pas du tout français mais Mlle Combe, notre institutrice, parle un peu l'anglais et elle est allée danser hier soir avec eux puisqu'il y avait bal. Il paraît qu'ils nous apportent tout un tas de danses modernes : le fox-trot, le one step. J'aimerais bien danser, moi aussi, avec Lucien quand il sera guéri ! Ils lui ont donné des « chewing-gum » à la menthe qu'on mâche sans avaler. Elle m'a fait goûter, c'est bon ! Ils fument des longues cigarettes de tabac blond, des « Camel ». Ils rient beaucoup.

20 août

Lucien est sorti de l'hôpital hier. Il est revenu passer sa convalescence chez nous parce que les docteurs disent qu'il est encore trop fragile pour voyager. De toute façon, il doit attendre l'avis officiel de sa réforme puisque la guerre n'est pas finie. Ici, tout le monde l'a accueilli à bras ouverts et grand-père l'appelle « mon fils ».

8 septembre 1918

Les soldats commencent à revenir et ils ne repartent plus. On sent que la fin de la guerre est proche. Il paraît que les Allemands sont « à bout de souffle ». Qu'ils ne le reprennent plus jamais, leur souffle !

11 septembre

Lucien va mieux. Il est moins fatigué, moins essouf-flé. Depuis quelques jours il vient avec moi conduire les bêtes aux champs et il m'aide à traire le matin.

Il se fait du souci pour ses parents. Dès qu'il se sentira sur pied, il ira en Ariège leur rendre visite et leur annoncer nos fiançailles.

15 septembre

Il y a un grillon qui habite dans mon tiroir.

19 septembre

Mon ami le grillon est toujours là, il se promène sur mon papier et il essaie de grignoter mes mots en s'arrêtant là où l'encre est encore fraîche.

24 septembre

Dix-huit ans aujourd'hui. Et tous les bonheurs à la fois. Que cet anniversaire est différent de tous les autres ! Lucien m'offre une ravissante petite boîte en noyer qu'il a fabriquée en secret tous ces derniers temps. Une tristesse : ce matin, en ouvrant ma fenêtre, je vois deux petites pattes grêles entre la croisée et la boiserie. Mon grillon ne m'avait pas dit qu'il avait l'habitude de sortir. Je l'ai écrasé sans y prendre garde en fermant la fenêtre. J'ai mis les petits restes dans une fleur de pensée des champs et le tout dans la boîte que Lucien m'a offerte. Demain, Lucien repart chez lui pour un mois.

3 octobre 1918
La paix, vivement la paix ! Maintenant que tout le monde en parle, que cela paraît long à venir ! Le bruit court que les Allemands vont demander un armistice.

5 octobre
Rien.

6 octobre
Et s'il m'oubliait, pendant tout ce temps ? J'essaie de chasser une affreuse angoisse. Aujourd'hui, je n'y arrive pas. Tout le temps envie de pleurer.

8 octobre
Pas de temps pour toi, mon journal. Le peu de temps que j'ai pour écrire, c'est pour mes lettres à Lucien.

24 octobre
Il devait arriver aujourd'hui, il m'écrit qu'il ne sera là que le 26. Et moi, ces deux jours me tordent le cœur. Comment est-ce qu'il ne sent pas cela, lui aussi ! J'ai éclaté en larmes dans ma chambre.

26 octobre
Il est là. Il est là !

28 octobre

Grand jour : j'ai montré mon journal à Lucien. Du moins le cahier de ce dernier hiver, qui commence le 19 février avec cette lettre de Lucien qui m'avait tant déçue parce qu'elle ne m'était pas adressée, à moi ! Ça nous a fait rire ! Pour moi, c'est un grand moment, Lucien est le seul à connaître l'existence de mon journal. Avant, il y avait Alette. Nous nous sommes promenés vers la saulaie, du côté des Pleaux, et on s'est assis près du gros saule creux où je me suis si souvent assise avec Alette du temps où l'on gardait les vaches. Et là, je lui ai montré mon cahier, et je lui ai raconté toutes mes hésitations, toutes mes interrogations sur mon sentiment vis-à-vis de lui.

30 octobre

J'ai perdu mon cahier ! Je m'en suis aperçue hier matin en ouvrant mon tiroir. J'étais si heureuse, l'autre jour, de ma promenade avec Lucien, que je ne me souviens pas de ce que j'ai fait en revenant. Est-ce que je l'ai oublié dans le champ près des saules, est-ce qu'il est tombé de mon corsage dans le chemin ? Hier nous sommes retournés aux saules, nous avons refait tout le chemin en sens inverse. Rien. Je suis malheureuse comme une pierre. Lucien a beau essayer de me consoler en me disant que ce morceau de vie qui s'est évanoui dans la nature, c'est justement celui qui restera le nôtre, celui de notre rencontre, pour moi c'est différent. Il y a tant de choses dans ce cahier, tant de choses que même Lucien ne peut pas comprendre ! Enfin, j'en commence un autre.

11 novembre 1918

Ça y est ! L'armistice est signé. Les cloches se sont remises à sonner. Cela fait quatre ans que je n'ai pas entendu les cloches de Crécy. Dehors il y a beaucoup de bruit, j'entends des gens qui rient, qui pleurent, qui s'appellent.

C'est fini ! La guerre est finie ! Il paraît que les dernières cartouches de la guerre ont été tirées à 11 heures ce matin. À 2 heures de l'après-midi, j'étais dans la cuisine avec maman en train de trier des pommes de terre. On a entendu les cloches, on s'est regardées.

Maman m'a fait signe de continuer. Les gens ont commencé à courir dehors. Et puis un groupe de femmes, la mère Vautelot, sa fille, la mère Cendrin et d'autres, sont entrées dans la cour en criant : « C'est fini ! Fini ! Ils vont revenir ! » Je n'oublierai jamais le visage de maman. Elle est devenue pâle, ses yeux bleus regardaient loin, loin ! Seul un petit mouvement de ses lèvres disait qu'elle n'était pas une statue. J'ai embrassé maman et nous avons pleuré longtemps dans les bras l'une de l'autre.

Et les hommes sont entrés comme des fous. Lucien m'a prise dans ses bras et il m'a fait tourner comme une toupie. Et nous sommes tous sortis, même maman. Dehors, tout le monde rit, s'embrasse, danse et pleure à la fois.

11 novembre, le soir
Juste avant de me coucher. Maintenant que toute la joie a débordé de mon cœur, il ne reste plus que la tristesse, la douleur d'avoir perdu mon père et mon frère. En cet instant, je voudrais tant pouvoir aller prier sur leur tombe. Mais ils n'ont pas de tombe. Ce soir, nous nous sommes réunis, ceux qui restent à la maison : maman, moi, Julien, Paul et Louise, Lucien,

le grand-père. Nous avons allumé des bougies et nous avons longuement prié pour papa et pour Eugène. Dehors, les cloches sonnent encore. C'est comme la nuit qui pleure… Maintenant, il faut revivre. Avec tout ce qui fait mal et aussi avec tout ce qui est nouveau. Sentiment étrange.

20 novembre

Lucien est reparti ce matin pour chez lui. Mais je suis beaucoup plus calme que la dernière fois. Il va passer Noël dans sa famille, mettre de l'ordre dans ses affaires et puis il reviendra parmi nous. Nous nous marierons au printemps. Nous resterons sur la ferme jusqu'à la rentrée et puis nous partirons en ville puisqu'en principe je serai à l'école normale. Lucien se placera comme menuisier et, un jour, il ouvrira son propre commerce. Une menuiserie avec Paul ou bien une auberge quand je serai nommée ?

1919

1er janvier 1919
Je reprends ce journal. Plus pour longtemps.

Lucien et moi nous nous marions le 21 mars. Le jour du printemps. C'est ce que Lucien me propose dans sa dernière lettre. Il dit aussi que ses parents ne pourront pas être de la noce, son père est trop vieux et mal portant pour faire le voyage, mais il montera avec sa sœur Victorine qui a mon âge. Et nous redescendrons ensemble en Ariège après notre mariage pour que je fasse la connaissance de ses parents. Ils arrivent à la fin du mois.

1er février

Lucien est de nouveau parmi nous. Grande joie de le retrouver. Je ne pensais pas que l'on puisse être aussi heureux !

10 février

Victorine est plus qu'une vraie amie pour moi. Une sœur. Celle que je n'ai jamais eue. Dès que je l'ai vue, j'ai eu envie de l'aimer. Elle ressemble à son frère, en plus fin bien sûr, mais ils ont en commun cette bouche décidée et rieuse, cette expression si gentille, absolument pas moqueuse quand ils rient, ce nez bien droit, cette peau mate et ces cheveux noirs que je trouve si beaux. Ils ont aussi en commun cette façon d'être à la fois à l'aise avec les autres et pleins d'attentions. Bref, je suis charmée par ma belle-sœur, nous sommes devenues amies en moins de temps qu'il ne faut pour le dire et nous passons tellement de temps à causer ensemble de tout et de rien que grand-père dit que nous avons dix-huit années de causeries à rattraper.

8 mars

Il fait beau, presque chaud. Mon cœur à l'unisson.

10 mars 1919

Il se passe une chose incroyable.

En revenant de la mairie tout à l'heure avec Lucien où nous sommes allés pour faire publier nos bans, nous décidons de faire un petit détour par les Pleaux et la croix du Verger pour goûter le premier soleil de mars. Nous traversons la saulaie et là, Lucien me lâche la main, il me dit : « Attends », et je le vois courir vers le gros saule creux… Et là, c'est le miracle. Il se relève tout joyeux en brandissant… mon cahier ! Tout couvert de sciure de vers à bois, un peu moisi, et pas mal de pages collées par l'humidité. Mon cahier, qui a passé tout l'hiver dehors ! Nous avions regardé partout autour mais jamais à l'intérieur du saule ! Je l'ai mis à sécher sur le coffre dans ma chambre.

12 mars
Essayage tout à l'heure avec maman qui me fait ma robe de mariée. On ne cesse de se quereller. Elle pense que la guimpe doit être comme ci et pas comme ça. Elle veut mettre de la dentelle comme autrefois et non de la mousseline comme on fait aujourd'hui. Je me suis énervée et j'ai fini par fondre en larmes. Essayage raté. La robe n'est pas prête et je me marie dans neuf jours !

18 mars
Le grand jour approche. Ma robe est prête. Je suis nerveuse et distraite. Je n'ai la tête à rien. J'espère que le beau temps et le soleil vont continuer !

20 mars

La nuit est tombée après une belle journée de grand soleil. La nuit est tombée sur mon dernier jour de jeune fille. Demain, je me marie. Je vais avoir du mal à dormir ! Lucien est parti coucher à l'auberge pour ce soir. Il ne faut pas qu'il dorme dans la même maison que la mariée.

21 mars, 7 heures du matin

Ce matin je suis réveillée à la pique du jour par des petits coups contre mon carreau.

De toute façon, je ne dormais pas ! Je me dis que c'est Lucien qui envoie des petits cailloux. Je regarde mieux : c'est un papillon, un magnifique papillon qui se cogne désespérément contre mon carreau. Un merveilleux papillon jaune avec de longues raies noires et une sorte de queue. Et soudain, je comprends : il vient de sortir de mon cahier ! Mon cahier d'hiver, mon cahier plein de moisi abritait aussi une chenille ! Bien au chaud, elle a fait sa chrysalide qui a éclos, et comme c'est le printemps et que je me marie aujourd'hui, voilà le papillon !

Maintenant, je vais me préparer, m'habiller. Mon cahier, je reviendrai te dire adieu tout à l'heure, avant de partir pour la mairie.

11 heures

Lucien m'attend dans la salle. Il ne m'a pas encore vue avec ma robe. Je trempe pour la dernière fois ma plume dans l'encrier. Ma main tremble tellement que j'ai peur de me tacher.

Je vais fermer ce cahier maintenant. Le fermer pour toujours, pour longtemps. Je vais tourner la dernière page de mon enfance. Je ne pensais pas que l'on pouvait quitter son enfance comme on ferme un cahier. Et pourtant... Le soleil est là. J'ai ouvert grand ma fenêtre. Le papillon s'est envolé. Tout à l'heure je me marie.

Paule du Bouchet

L'auteur

Paule du Bouchet est née en 1951. Après des études de philosophie et de musique, elle enseigne la philosophie et fait de la formation musicale pour les enfants. Elle s'oriente ensuite vers l'édition et la littérature de jeunesse. De 1978 à 1985, elle est journaliste au magazine *Okapi* (Bayard Presse) puis, jusqu'en 1996, éditrice pour la collection Découvertes Gallimard. Depuis 1997, elle dirige le département Gallimard Jeunesse Musique et la collection Écoutez lire. Elle est l'auteur de nombreux ouvrages documentaires et d'albums ainsi que de six romans pour le jeune public dont À *la vie à la mort*, *Chante, Luna* et *Comme un ours en cage* édités chez Gallimard Jeunesse.

Du même auteur chez Gallimard Jeunesse

SCRIPTO
À *la vie à la mort*
Chante, Luna
Mon amie Sophie Scholl

MON HISTOIRE
Au temps des martyrs chrétiens
Dans Paris occupé. Journal d'Hélène Pitrou, 1940-1945

ÉCOUTEZ LIRE
Le Journal d'Adèle

Alain Millerand

L'illustrateur

Alain Millerand est né en 1953 à Nancy, où il a étudié à l'école des Beaux-Arts. Illustrateur pour l'édition et la presse, il est également auteur d'ouvrages destinés à la jeunesse. Pour *Le Journal d'Adèle*, il s'est efforcé de prolonger les mots de la jeune fille par des images : « Je relis une dernière fois *Le Journal d'Adèle*. Maintenant, il y a comme un long trait de plume qui me relie à cette jeune fille du début du siècle. Il me suffit alors de fermer profondément les yeux et de dessiner. Si les dessins sont réussis, les mots se poussent avec plaisir pour leur faire un peu de place. »